T0000980

La vereda

CONTEMPORÁNEOS| **B**erenice

MIQUEL MARTÍN I SERRA

La vereda

Título original: *La drecera*
© Edicions del Periscopi SLU & Miquel Martín i Serra, 2020. Esta edición c/o SalmaiaLit, Agencia Literaria.
Versión en castellano a cargo del autor.
© Editorial Almuzara, s. l., 2024

Primera edición en Berenice: enero de 2024

Berenice • Contemporáneos
Director editorial de Berenice: Javier Ortega
Maquetación de Miguel Andreu
www.editorialberenice.com

Editorial Almuzara
Parque Logístico de Córdoba. Ctra. Palma del Río, km 4
C/8, Nave L2, nº 3. 14005, Córdoba

ISBN: 978-84-11318-54-9
Depósito Legal: CO-2021-2023

Reservados todos los derechos. «No está permitida la reproducción total o parcial de este libro, ni su tratamiento informático, ni la transmisión de ninguna forma o por cualquier medio, ya sea mecánico, electrónico, por fotocopia, por registro u otros métodos, sin el permiso previo y por escrito de los titulares del *copyright*».
Cualquier forma de reproducción, distribución, comunicación pública o transformación de esta obra solo puede ser realizada con la autorización de sus titulares, salvo excepción prevista por la ley. Diríjase a cedro (Centro Español de Derechos Reprográficos, www.cedro. org) si necesita fotocopiar o escanear algún fragmento de esta obra.

Impreso en España/*Printed in Spain*

A mis padres y a mi hermano,
que me han enseñado tantas veredas.

Ocio infinito no hay más que en la playa:
el mar enfrente os libra de cuidados.
Nada más alejado de un viaje
que el seguir, recostados, una vela.

La ola acanalada tiernamente
se os deshace a los pies, como servil;
os envuelve la viva luz del cielo
y pasan nubes y el viento a latidos.

Y, libres de la duda y la aventura,
sin rastro de poqueza ni añoranza,
ojos y corazón de par en par,

se os da un puro secreto de natura:
el vago sonreír de lo que dura,
los cambios en torno a la identidad.

Josep Carner, *Tendido en la playa*
Traducción de Jordi Cornudella

Índice

1

Era viernes y yo había quedado con Llenas para ir al pueblo a comprar balines, pero justo cuando me montaba en la bici, madre me llamó y me mandó al huerto a por cebollas y patatas. No me gustaba nada ir al huerto, porque padre me hacía arrancar las cebollas y tirar las patatas podridas, que echaban una peste de mil demonios, y encima, si remoloneaba, me decía, despabílate, que te van a dar las uvas. Cuando ya volvía para casa y pensaba que podría marcharme a ver a Llenas, madre me mandó a la masía Bou a por leche y requesón, y Pitu, nada más verme con cara de perro y la lechera en la mano, me dijo lo de siempre, ¿qué, mozuelo, ya están aquí los de can Fanga?[1]. Y él venga reírse, con aquellos dientes tan torcidos. Pero la verdad es que Pitu me caía bien, me divertía con él, siempre me echaba una mano, y un día que para descolgar la pelota rompí un cristal de una pedrada

1 Expresión peyorativa con que se denomina a los veraneantes barceloneses en ciertas zonas de Cataluña (N.T.).

se las apañó para que no me descubrieran. Al volver de la masía, madre aún me dijo que fuera a la tienda a comprar mantequilla y mermelada de frambuesas, en la despensa no quedaba ni un tarro y como era la preferida de la señora, siempre se ponía de mala uva si no había. Yo puse morros y refunfuñé porque ya veía que Llenas iba a estrenar la escopeta de balines él solo o se iría a probarla con Escudero o con cualquier otro. Total, que madre se enfadó de verdad y, medio gritando, me dijo, pues ve con la bicicleta a comprar, que no te da pereza ninguna cuando tienes que ir al pueblo a comprarte tebeos.

Al final, me castigó sin ir a casa de Llenas y aún tuve suerte de que no le dijo nada a padre. Me tuve que quedar en la cocina con ella hasta que los señores llegaron al chalé. Era una cocina tan grande que hacíamos la vida más en ella que en casa y padre siempre decía que era como el estómago del chalé, agradecida y caliente. Yo estaba a punto de acabar el tebeo cuando oí el chasquido de las ruedas sobre la gravilla del camino y no pude evitar mirar por la ventana. No fisgonees, me riñó madre, que aún estaba resentida conmigo, pero yo aguaité un rato más, de reojo, fingiendo que leía una historieta.

Aparcaron los coches bajo las moreras y salieron dando portazos. Siempre se bajaban riendo, un poco atolondrados y arreglados como si fuesen a una fiesta. Me gustaba fijarme en la ropa que llevaban porque sabía que algún día uno de aquellos jerséis o uno de aquellos abrigos serían para mí y madre me los remendaría o me añadiría coderas y, claro, me arrancaría el nombre que habían cosido por dentro junto con un escudo. El señor conducía el coche negro e iba con la señora, aunque ella a menudo venía sola, con el descapotable. Y Paco, el chófer, llevaba el otro, el gris, aquel tan grande donde iban los hijos y la *nurse*, como la llamaban. Paco levantó la cabeza y me vio en la ventana, me sonrió y luego hizo el signo de la victoria con la mano, porque era del Madrid y siempre nos tomábamos el pelo cuando ganaba el equipo del otro. Luego, aún sonriendo, cogió las maletas, y los gemelos corrieron escaleras arriba, derechos a la cocina, con la *nurse* pisándoles los talones y gritando que se portaran como Dios manda.

Oí el eco de sus pasos y de sus voces en el recibidor, que ellos llamaban el *hall*, y luego en el pasillo, y me pareció que me llegaban los latidos de su corazón, pum-pum, pum-pum. Los gemelos entraron armando jaleo, juntos, se ve que no sabían hacer nada el uno sin el otro, y justo detrás, agobiada, como si los quisiera atrapar, la *nurse*, y aún más atrás Lolo, el hermano mayor. Los tres hermanos olían a ropa limpia y recién planchada, a colonia cara y a aquella crema que anunciaban en la tele. Besuquearon a madre y le preguntaron qué había para cenar. Hubiera lo que hubiese, siempre decían, qué rico y delicioso. Cuando me encontraban en la cocina, leyendo en un rincón sentado en un taburete, me decían, hola, ¿qué tal? y hasta luego, y a menudo destapaban las cazuelas de los fogones o husmeaban en la alacena y en la despensa y picaban alguna cosa. A veces, Lolo se alargaba un poco y me daba más conversación y a lo mejor me preguntaba qué leía, pero se notaba que lo hacía para quedar bien, sobre todo con madre, y que no le interesaba lo más mínimo nada de lo que yo le pudiera contar.

Luego se marchaban a sus habitaciones, cada una de un color diferente, con las paredes como de terciopelo, por donde me gustaba pasar la mano, muy despacio, porque era suave como el pelaje de los corderos de la masía Bou y me hacía cosquillas en la punta de los dedos. Padre me contó un día que aquel papel de pared costaba un riñón y que lo había colocado una empresa extranjera porque se ve que aquí no se fabricaba. En un rincón tenían una chimenea, pequeña pero preciosa, toda de piedra, que padre encendía unas horas antes los días de mucho frío, y al otro lado una gran cama que madre les abría cada noche cuando iba a dejarles un vaso de agua y una servilleta en la mesilla. La *nurse*, en cambio, a la que llamaban Miss Jenkins, dormía en el ala del servicio, y su habitación era como un puño y daba a un patio de luces, sin chimenea ni nada, solo con una estufa eléctrica.

El señor siempre hablaba con padre apenas llegaba y a mí me decía que me había estirado, y eso me ponía contento y me hacía sentir mayor, pero su presencia me imponía mucho y nunca sabía cómo seguirle la conversación. A veces padre le enseñaba el huerto y el jardín, muy orgulloso, y el señor, como si tuviera prisa, iba diciendo, muy bien, Mateu, muy bien, si le hace falta cualquier cosa llame al despacho y entiéndase con Noguera. Yo no lo había visto nunca, a Noguera, pero padre siempre decía que era la mano derecha del señor y que si había algún problema o necesitábamos algo teníamos que hablar con él. Recuerdo que una vez se nos estropeó la lavadora y padre llamó al despacho para pedirle un anticipo, pero no sé yo si se salió con la suya porque estuvo muchos días refunfuñando y de mal humor. La señora no me decía gran cosa, mis padres siempre comentaban que era más seca, pero a veces me traía chocolatinas del extranjero que eran como miniaturas de las tabletas y había de muchos gustos. Madre y ella se encontraban en la cocina y hacían una lista de todo lo que se tenía que hacer y comprar, pero muchas veces se quejaba de que tenía dolor de cabeza o de que estaba cansada y acababa diciendo, usted misma, Antònia, usted misma, haga como le plazca. Yo no entendía de qué podía estar tan cansada, porque solo la veía leer, tomar el sol y salir con las amigas. Entonces me venía a la cabeza lo que siempre decía padre, los ricos nos pagan para que les sirvamos, no para que les entendamos.

2

Al día siguiente de su llegada, se levantaban tarde y bajaban a desayunar en batín y zapatillas y se sentaban todos a una mesa muy larga que tenía las patas como las de un animal. Yo también me había sentado ahí muchas veces, cuando ellos no estaban y madre limpiaba la plata, pero no habría sabido comer en esa mesa ni hacer los deberes porque cuando me sentaba la vista se me escurría enseguida hacia la terraza, que estaba llena de parasoles rayados y geranios rojos como sangre y, entremedias, un poco más allá, se veían los pinos y las retamas y, aún más lejos, el mar y trocitos de cielo, y, como decían mis padres, me quedaba embobado.

Comían tostadas con mantequilla y mermelada, y requesón con miel, y también huevos escaldados y unos brioches que madre me mandaba a buscar a la panadería, aún calientes y esponjosos como el algodón. Tomaban zumo de naranja natural y volvían a decir, qué rico y delicioso. Después ya no les volvía a ver durante un buen rato porque los gemelos y la *nurse* se iban a montar a caballo a la hípica que había a la salida del pueblo, con casco, unos pantalones bien ajustados y unas chaquetas de botones relucientes que parecían las de los héroes de los tebeos y que nunca serían mías porque siempre acababan estrujadas y hechas jirones y las echaban directamente a la basura.

Por poco que luciera el sol, la señora se sentaba en la terraza de los geranios, aunque fuera en invierno, se echaba una manta a las piernas y leía unos libros de misterio que guardaba en su habitación, muy bien ordenados por números. A veces la miraba desde la baranda de la piscina, medio escondido por las adelfas, que padre me recalcaba que no tocase porque eran venenosas, y había días en que la veía muy guapa pero otros en que me parecía como si se hubiera vuelto vieja de golpe y se hubiera marchitado de tanto tomar el sol. Mis padres siempre decían que era muy sentida la señora, que desde que su hija se mató esquiando se angustiaba por todo y que, a veces, no sabía controlarse y daba algún espectáculo y por eso tenía que tomar pastillas para los nervios o, de vez en cuando, irse a reposar a balnearios y sitios así. Se ve que todo empezó porque la señora no quería que Paula fuera a esquiar a los Alpes con unas amigas, pero el señor le dio permiso porque era la hija mayor y su ojito derecho; y después Paula tuvo el accidente y la tuvieron que traer ya muerta a Barcelona y todo se complicó de mala manera y todavía fue más largo y más triste. Por eso el señor también quedó muy tocado y siempre andaba haciéndose reproches con la señora, aunque debían pensarse que nosotros no nos dábamos cuenta.

Al señor y a Lolo les gustaba jugar al tenis y salían a las pistas de detrás de la piscina con pantalones cortos, vestidos de un blanco que hería la vista. A veces, madre me mandaba llevarles unas piezas de fruta pelada y cortada y un par de vasos llenos hasta los bordes de zumo acabado de exprimir y sin pulpa en una bandeja que siempre tenía miedo de que se me cayera. Lo dejaba todo en una mesa de mármol, bajo el porche que padre había emparrado, y oía la pelota arriba y abajo, arriba y abajo, flop-flop, flop-flop, en un ir y venir que me hipnotizaba. Un día que el señor jugaba con un amigo suyo me quedé embobado mirándolos y me preguntaron si yo sabía jugar al tenis, y me puse rojo como un tomate, como si me hubieran pillado haciendo una gran trastada, y solo supe menear la cabeza y marcharme como un cohete. Pasé no sé cuántos días intentando no tropezarme con el señor. La verdad es que me hacía sufrir que pensara que me faltaba un tornillo o que era un tarugo o, todavía peor, que era un maleducado, que según padre era lo peor que se podía ser en esta vida.

Los domingos desayunaban más temprano y más ligero, como si ya se hubieran recuperado de un viaje muy largo, se endomingaban y se iban a la misa del pueblo. Pero el señor iba cada vez menos y la señora se enfadaba: decía que daba mal ejemplo a los hijos, sobre todo a los gemelos, a los que tenían que reñir muy a menudo porque no daban pie con bola. Se ve que el señor, después de lo de Paula, ya no creía en los curas ni en Dios, y, según decían mis padres, por culpa de todo aquello había descuidado un poco los negocios y era Noguera quien cortaba el bacalao. A mí, si me hubieran preguntado cuáles eran los negocios del señor creo que no habría sido capaz de contestar, porque no eran como los negocios de la familia de la señora, que tenían un montón de fábricas y ya hacía muchos años que eran ricos. El señor había hecho los cuartos sobre todo en el extranjero, por ese motivo viajaba tan a menudo y sabía muchos idiomas y siempre decía que, si el país iba bien y el gobierno no metía la pata, los extranjeros invertirían y todo el mundo saldría ganando. Aunque la verdad es que yo no sabía si ese *todo el mundo* también éramos nosotros o solo ellos.

Cuando los señores estaban en misa, padre solía ir al huerto y se paseaba por allí con las manos en la espalda, como si estuviera contento de todo lo que había hecho, aunque siempre acababa arrancando malas hierbas o deshaciendo terruños, era como un tic que tenía. Madre aprovechaba para coser o hacer ganchillo, porque decía que no sabía quedarse de brazos cruzados, y ponía la radio para escuchar una música antigua y aburrida. Durante unas horas el chalé se quedaba mudo, como si se aguantara la respiración, y yo volvía a sentirme libre. Ya sé que hacía mal, porque mis padres lo consideraban sagrado y siempre me decían lo mismo, nosotros aquí y ellos allí, pero no podía evitarlo y me metía en todas partes: en la habitación de la señora, para ver aquellos libros pequeños de misterio, tan bien colocados el uno al lado del otro; en la sala de juegos, que era como si hubieran venido los Reyes Magos; en el gimnasio, donde siempre intentaba levantar aquellas pesas; en la despensa, solo para ver aquella montaña de botes y paquetes y latas y para sentir aquella mezcla de olores... Eso sí, jamás se me pasó por la cabeza coger nada, ni un pellizco de chocolate, me bastaba con mirar, tocar y oler. Solo había dos sitios donde no podía entrar porque siempre estaban cerrados con llave: el despacho del señor, aunque a veces espiaba por el ojo de la cerradura, y la bodega, que estaba en el sótano, y el único que tenía la llave era el señor, pues allí guardaba botellas de vino y coñac, y también de champán, que valían una fortuna, y hasta se había hecho instalar una alarma, como si en vez de bebidas guardara joyas o monedas de oro, como los piratas. Había otro lugar donde nunca ponía los pies: la habitación de Paula, porque me daba reparo, una mezcla de angustia y de miedo, y porque creía que era muy feo hacerlo, como una falta de respeto. Se ve que cuando se murió, la señora no quiso que nadie tocara nada de aquella habitación y todo estaba aún como el último día en que Paula había venido al chalé, incluso la ropa que se había puesto y la toalla y el jabón de la ducha y el cepillo con sus pelos ahí pegados, y yo siempre me imaginaba que aquella habitación era como uno de los museos adonde nos llevaban con la escuela y solo de pensar en ello me dolía el corazón. Yo ya no me acordaba demasiado de Paula; quiero decir que cuando pasó todo lo del accidente yo era chico y quisieron escondérmelo, pero aún conservaba la imagen de una chica muy morena, como el señor, y bastante callada, que un día me dio una bolsita de sugus. Durante un tiempo nadie habló de ella y a lo mejor por eso la fui olvidando poco a poco, y ahora solo era como una sombra que muy de vez en cuando te encontrabas por los rincones.

Un día que mis padres se habían ido al mercado, Torrent vino a jugar a casa porque me lo había pedido otras veces y ya no sabía qué excusa ponerle. No nos llevábamos demasiado bien, porque cuando yo contaba cosas de los señores, él siempre decía que me lo inventaba todo para presumir y que quería aparentar que yo también era rico. Supongo que por eso no me pude contener y entramos en el chalé con la llave que siempre teníamos en casa. Le enseñé el cuarto de baño de la señora, que era grande como un comedor y todo de mármol rosado con vetas blancas, y con los grifos también relucientes como el oro y una bañera muy grande con dibujos antiguos que se ve que era una reliquia y costaba un ojo de la cara, y todo el rato decía, es precioso, y qué pedazo de casa. Y también vio la piscina, las pistas de tenis y el gimnasio, y cuando estuvo ante aquella mesa tan larga con las patas de animal se agachó y las tocó como si las acariciara y dijo que seguro que las habían hecho a mano porque las cosas bonitas solo se podían hacer a mano. Y todavía estaba boquiabierto cuando le llevé a la sala de juegos y cuando vio el escaléxtric y el futbolín y la mesa de ping-pong y las estanterías llenas de juegos y juguetes, me dijo que yo era su mejor amigo y que si podía jugar con todo aquello. Pero le dije que no y quiso irse enseguida, rebotado, y luego, en la escuela, todo el día me hacía la pascua y me escarnecía.

Al cabo de unos días echaron en falta un reloj muy bonito, de aquellos de bolsillo, que había en la sala de juegos, y yo habría puesto la mano en el fuego a que lo había cogido Torrent, aunque no tenía ninguna prueba. Padre se enfadó muchísimo, siempre decía que no podía sufrir a la gente irresponsable y embustera, aunque ni por un momento se le pasó por la cabeza que fuera culpa mía. Se armó un buen lío y un buen revuelo, pues la señora a veces se ponía farruca, como decía madre, o se exaltaba por cosas como aquélla, y quiso que revolvieran toda la casa, armarios, cajones, estantes... Aunque el reloj no apareció por ningún sitio. Al final echaron la culpa a Pepita, una chica que venía del pueblo a hacer la limpieza y a planchar, y la despidieron sin ningún miramiento, por más que ella lloró y juró y perjuró que no había cogido nada de nada. Cuando Pepita se hubo marchado, oí decir a madre, hay que ver, tan buena muchacha que parecía y no te puedes fiar de nadie. Y yo me callé como un muerto y me supo tan mal que por la noche no podía dormirme y me angustiaba mucho tropezarme con Pepita por el pueblo.

3

Pitu de la masía Bou venía a casa tres veces al año: cuando había que vendimiar, cuando mataban al cerdo y cuando hacíamos buñuelos, porque era muy goloso y siempre le guardábamos una almorzada. Llegaba con la Mobylette, como si viniera a dar una noticia muy importante, y gritaba, Mateu, Antònia, ya estoy aquí. Si era para la vendimia, añadía, aviad las aportaderas, y si era para la matanza del cerdo, decía, afilad los cuchillos, y después empezaba a reírse enseñando aquellos dientes tan torcidos. Padre me guiñaba un ojo y le llevaba la corriente, le invitaba a sentarse y le servía un vasito de vino y un puñado de nuestras aceitunas y siempre le decía, quién fuera tú, Pitu, que atas los perros con longanizas. Entonces empezaban a bromear y nos pegábamos un hartón de reír, porque aquello era como un juego a ver quién soltaba el mayor disparate. Además, Pitu siempre le recordaba a padre que yo era muy buen chico y que valía un potosí, y yo me esponjaba como un pavo real. Madre también le apreciaba, decía que era muy cumplidor, pero le daba un poco de repelús porque también decía que llevaba mucha mugre encima y que nunca se quitaba los zuecos. Eso era verdad, yo jamás había visto a Pitu sin zuecos, en invierno o en verano, en los campos, en la pocilga o en la charca de los patos y siempre pensaba que debían pesarle mucho y hacerle daño en los pies, pero él decía que no, que era como si hubiera nacido con los zuecos calzados. Al cabo de un rato de estar en casa, Pitu se aclaraba la garganta, se levantaba como si se hubiera olvidado de alguna cosa y decía, muchas gracias y que Dios os lo pague, y volvía a poner en marcha aquella carraca de Mobylette y hasta la próxima.

Cuando llegaba el frío y yo rondaba por la masía sin saber qué hacer, Pitu me echaba un silbido y me decía, vente, mozuelo, que iremos a recoger bellotas, que vuelven la carne más magra y gustosa. Normalmente íbamos a la charca de los patos porque había un roble muy grande y muy viejo, con unas ramas como árboles, y todo alrededor un bosquecillo de encinas para dar y regalar. De vez en cuando oíamos el ñec-ñec de los patos o sobre todo de las ocas, que nos avisaban de cualquiera que se acercase por allí. Y, de fondo, cuando bajaba lleno, también oíamos el rumor del arroyo, que Pitu aseguraba que nos hacía compañía. Mientras recogíamos bellotas, me contaba un poco de todo: cuentos de los tiempos de María Castaña, motes de la gente del pueblo que eran para mearse de risa y algún chisme de las otras masías. Supongo que algo se inventaba, pero a mí me daba igual: me lo pasaba de miedo y siempre me hablaba como si yo fuera mayor. Quiero decir que nunca me decía, esto ya lo entenderás dentro de unos años o yo a tu edad ya hacía esto o esto otro. Pero lo que más me gustaba era cuando imitaba el grito de la perdiz y de la codorniz, pues si cerrabas los ojos habrías jurado que las oías de verdad. Y también me lo pasaba en grande cuando me contaba aquellas cosas del ganado que te hacían estrujar el cerebro y de golpe y porrazo te dabas cuenta de que el mundo está lleno de secretos. Por eso yo sabía que cuando los cerdos dejan de comer bellotas quiere decir que les queda una semana de vida. Lo sabía porque Pitu me había recalcado que la última semana no hay que darles bellotas: les ensucian las tripas y luego es una faena limpiárselas.

La primera vez que vi la matanza del cerdo me mareé de mala manera. Madre siempre cuenta que me puse blanco como la pared y que Pitu me hizo sentar, me abanicó con una ramita y me dio un sorbo de agua del Carmen. Solo recuerdo aquel gancho con el que le aguantaban la cabeza y los alaridos que pegaba el cerdo mientras le clavaban aquel cuchillo tan largo, y el chorro de sangre que le salía por el cuello y que iba llenando el barreño que sostenía padre. Era un poco como si lo soñara y lo viviera al mismo tiempo. La sangre manaba espesa, caliente, y humeaba como el puchero recién hecho, y el cerdo tenía los ojos empañados y le salía un espumarajo por el morro. Durante muchos días, aunque estuviera en la escuela o en casa, me volvían a la cabeza aquellos alaridos y sentía por todas partes esa peste de pelo y piel chamuscados.

Pero no puedo decir que todo aquello no me gustase, todo el mundo se lo tomaba como una fiesta y Llenas corría por allí con su hermano pequeño, que era zopas, y siempre nos burlábamos de él y se la jugábamos a cada trique. Y también venían unos parientes de la masía que tenían una hija muy guapa, aunque fuese un poco estirada y sabelotodo, y Llenas y yo chuleábamos para que nos hiciera caso y a veces le mirábamos los pechos de reojo, que parecían dos peras tempranas, y ella se reía y le salían dos hoyuelos en las mejillas. Solo me daba asco la sangre coagulada, que se volvía negra y espesa como el chocolate y luego la cocían, y, por si eso fuera poco, se la zampaban a bocados encima de una tostada. Y también me impresionaba mucho cuando partían los huesos del espinazo, uno a uno, a golpes de maza: soltaban una especie de chirrido, como si el cerdo aún se quejase, o cuando le arrancaban las tripas de un tirón. En cambio me gustaba ver cómo lo abrían de arriba abajo, rajado y destripado, parecía que la piel se deslizara sola y todo humeaba y echaba un hedor muy fuerte, pero al mismo tiempo era como si te enseñaran la vida por dentro.

Luego madre, con las demás mujeres que habían venido del pueblo, ayudaba a preparar las butifarras y los embutidos y lo iban poniendo todo encima de unos trapos blancos, muy limpios, y la sangre aún parecía más roja. A nosotros siempre nos regalaban una parte por haberles ayudado, igual que nos daban vino por haber recogido la uva y, de vez en cuando, no nos querían cobrar los huevos o la leche. Padre disfrutaba de lo lindo con el lomo y el tocino, y me parece que habría comido a todas horas si madre no le hubiera parado los pies. A mí lo que más me gustaba era la butifarra blanca y sobre todo la butifarra dulce, que se preparaba con la mejor carne y con la tripa bonita, como decían las mujeres. Parecía que no podía ser verdad que tantas cosas buenas salieran de aquel animal que lo salpicaba todo de sangre, con la piel chamuscada y maloliente que frotaban con una piedra hasta que relucía como la plata de los señores. Debía ser un poco como lo que a veces decía Pitu, que uno nunca sabía de dónde podían salir las cosas más bonitas, y es que del estiércol brotaban flores lozanas y espigas de trigo y árboles que daban la fruta más dulce.

Acabada la matanza, compartíamos todos juntos una comida en la sala grande de la masía, los niños en una mesa y los mayores en otra. Y sacaban fuentes y más fuentes con embutidos y pan con tomate y carne y ensaladas y alubias carillas y pollo rustido. A los niños nos dejaban echar un trago del porrón hasta contar tres y, en los postres, nos daban una bolsita de carquiñoles. Al final todo el mundo gritaba mucho y había mucho follón y mucho humo, y los mayores nos echaban a la calle porque contaban chistes verdes o hablaban de política. A mí me daba la impresión de que mis padres estaban muy contentos, igual que cuando vendimiábamos, y no pensaban en el chalé ni en los señores. Nosotros salíamos corriendo hacia la charca de los patos, que huían tan pronto como nos veían llegar, y a veces se nos juntaban otros niños del vecindario. En aquella charca se escondían ranas, tritones y serpientes de agua, y también unas ratazas que daban miedo y que Llenas apedreaba con mucha puntería mientras chillaba, mal bicho, más que mal bicho. Una vez mató a una de una pedrada y la cogió por la cola y estuvimos persiguiendo a las niñas, que berreaban como locas aunque en el fondo debía gustarles, pues también se reían y nos picaban. En una explanada, había aquel roble gigante que nos servía para trepar o para hacernos cabañas y que Pitu siempre decía que ya estaba allí antes que la masía y que allí seguiría estando cuando de la masía no quedara piedra sobre piedra. Un año obligamos a trepar al árbol al hermano pequeño de Llenas y después le abandonamos ahí arriba, completamente solo, sin que supiera cómo bajarse. Él grita que te grita, con su ceceo y muerto de miedo, y nosotros escondidos detrás de unos brezos y meándonos de risa. Luego me supo mal y pensé que era un disparate y que se podía haber roto la crisma, aunque a veces hacía esas cosas porque las hacían los demás, un poco como le pasa a todo el mundo.

4

La mayoría de tardes, la señora se marchaba con unas amigas, muy emperifollada y enjoyada; no sé adónde iba pero muchas veces no venía a cenar y volvía muy tarde. Cuando veía marcharse al señor con la gorra y los pantalones anchos, yo sabía que se iba al club de golf, con el coche negro, que era de marca extranjera y el que más corría. Padre le decía a madre que jugar, lo que se dice jugar, el señor jugaba más bien poco, y que se pasaba todo el rato en el bar del club, bebiendo, y por eso a veces llegaba un poco achispado y discutía con la señora. Mis padres también discutían, aunque de otra manera; quiero decir que discutían por culpa del trabajo o por el coche, que se había vuelto a averiar y no podíamos comprarnos uno nuevo, pero siempre notaba que les sabía mal y casi nunca les oía gritar, quizá porque no querían que yo me preocupara más de la cuenta. Me da que mis padres discutían por falta de dinero y los señores discutían porque tenían demasiado.

Cuando los señores estaban fuera, Lolo y los gemelos cogían las motos y quedaban con sus amigos para ir a dar una vuelta o irse de excursión. Yo conocía mejores lugares, de esos que todavía estaban ahí cuando cerrabas los ojos. Los conocía porque padre quería que le siguiera a buscar setas para poder enseñarme dónde crecían los mejores rodales. Me hacía madrugar y me llevaba a pinedas y alcornocales que parecían sacados de un cuento y que olían a tiempo y a tierra; y a veces tomábamos un atajo por arroyos y senderos y me enseñaba las guaridas de los zorros y los tejones y, aunque estuviera molido, seguíamos andando hasta que encontrábamos fuentes y barracas donde nos deteníamos a desayunar. Entonces padre me contaba historias y leyendas de cuando era chico y yo ya no sentía ni pizca de cansancio en las piernas y no me habría movido de allí en todo el día. Pero yo nunca me había montado en una de aquellas motos brillantes que, cuando pasaban por la calle, hacían que te dieras la vuelta para mirarlas. Bueno, sí que me había montado en una, a escondidas y sin ponerla en marcha, cuando ellos no estaban. Me gustaba notar aquel sillín tan mullido y mover el manillar de un lado para el otro, como si condujera de verdad, y también imitar el ruido del motor, que retumbaba en el garaje vacío, aunque el corazón me latía a cien por hora por el miedo a que me descubriesen. Una mañana, mientras yo los miraba desde la entrada, fingiendo que cogía hojas de morera para los gusanos, Lolo se me acercó y me dijo, es que está prohibido ir dos en la moto. Y yo bajé la vista y asentí con la cabeza, aunque estaba harto de ver cómo ellos llevaban detrás a sus amigos.

Los días de lluvia revoloteaban por el chalé, aunque no sé qué hacían, porque solo los oía de lejos, como el mar. Tan pronto como aflojaba un poco la lluvia, padre y yo salíamos a por caracoles entre los hinojos de los márgenes y nos pasaba el tiempo muy deprisa, quizá porque todo desprendía un aroma muy dulce y muy limpio, como si hubiesen metido todas las hierbas y todas las flores dentro de un tarro o como si la tierra, que quedaba reblandecida, rezumara perfumes. A veces, sobre todo en primavera, íbamos de noche, con katiuskas y una luz de carburo. Como no veía casi nada, empezaba a olisquear como si fuera el perro de caza del abuelo y pasaba la mano por las plantas húmedas y oía todos los ruidos: el silbido de la lechuza, el triquitraque de nuestros pasos, las ramas y hojas que movía el viento… Incluso me parecía que podía oír a los caracoles trepando por las matas, como si tuviera un superpoder. Al cabo de un rato los ojos se me acostumbraban a la oscuridad y veía lo que no podía ver de día; y no sé cómo explicarlo, me parecía que todo era más real, como si las cosas se hubieran quitado el disfraz. Por eso me habría gustado quedarme allí hasta la madrugada, como los días en que íbamos a pescar el calamar, muertos de frío y de sueño, y madre nos esperaba con un tazón de chocolate con bollos y la chimenea encendida.

Cuando la tramontana soplaba fuerte y la oía silbar por debajo de las puertas, los gemelos y la *nurse* se quedaban en casa y parecían aquellas moscas grandotas que no paran de darse batacazos contra los cristales, de tanto cómo se movían y daban la lata. Yo, en cambio, me pasaba horas mirando a los pájaros, que se dejaban arrastrar por el viento con las alas bien extendidas, y los pinos que hacían crec-crec y que se doblaban como si fueran espigas. El cielo estaba muy claro, como si lo hubieran lavado y frotado y repintado, y sobre el mar se formaban unos remolinos brillantes que madre llamaba blancazos. Tan pronto como se encalmaba un poco el viento, salía escopeteado para la masía porque Pitu conocía un lugar al abrigo del viento donde los conejos iban a tomar el sol. Nos escondíamos detrás de unos alcornoques, como dos espías, y veíamos cómo los conejos iban saliendo de sus madrigueras poco a poco, uno tras otro, a lo largo del bancal, hasta que había una buena pandilla, quizá treinta o cuarenta o más, pequeños y grandes, bien quietecitos y tranquilos, allí en medio del campo, moviendo las orejas y los hocicos y entrecerrando los ojillos, y dejándose calentar por aquel sol que se reía de la tramontana. Al final Pitu venía a mi vera y, al oído, me susurraba, vamos, mozuelo, que si los espantamos no querrán salir nunca más, y nos volvíamos a la masía casi aguantando la respiración.

A Lolo, como ya era mayor, le dejaban salir por su cuenta y no paraba tanto en casa, pero los gemelos aunque tuvieran gimnasio y ping-pong y un billar con bolas que hacían ruido al chocar y que yo oía de lejos, se acababan aburriendo como una ostra. Entonces aparecían por la cocina, latosos, y se supone que ayudaban a madre a pelar patatas o a rebanar el pan y todo el rato decían, marchando y oído, cocina, y se reían de cosas que no hacían ninguna gracia y madre, cuando nos quedábamos solos, se quejaba de que era peor el remedio que la enfermedad. Cuando se hartaban de rondar por la cocina, si aún llovía o soplaba la tramontana, me pedían si quería jugar con ellos. Normalmente jugábamos al parchís o la brisca en los mármoles del *office* y casi siempre decían cosas en inglés, porque con la *nurse* hablaban siempre en ese idioma y además iban a un colegio inglés y se creían que yo no los entendía y así podían hacerme trampas. Pero yo también sabía inglés, aunque nunca se lo había dicho ni pensaba hacerlo. La señorita Eulàlia le dijo un día a madre que yo tenía maña con los idiomas y que en la escuela solo me podían enseñar francés, así que decidieron apuntarme a una academia. Padre me llevaba allí cada martes y cada martes, cuando me dejaba en la puerta, me decía lo mismo: aprovéchalo, hijo, que tu madre y yo hacemos un gran sacrificio para que puedas venir a clase. Ya sé que padre lo decía de buena fe, pero a mí me hacía sentir un peso en el estómago y me aturullaba un poco, y me parece que habría aprendido más si no me hubiera soltado aquel discurso.

5

Donde más caliente se estaba de toda la masía Bou era en el establo de las vacas, todas colocadas en fila a lo largo del comedero, y que Pitu había bautizado una por una: la Chano-chano, la Sufrida, la Rubia, la Barrigona… Un día le pregunté por qué ponía nombres a las vacas y no se lo ponía también a los cerdos o a las gallinas, y me contestó, porque las vacas son muy señoras, mozuelo. En el techo y por los rincones se formaban unas telarañas tan grandes y tupidas que parecía que el establo tuviera cortinas de terciopelo y Pitu me decía que si alguna vez te descalabrabas, te podías curar envolviéndote la herida con una de aquellas telarañas; pero vete tú a saber si no me tomaba el pelo. Yo me apoyaba en una paca de paja y me encantaba ver a Pitu ordeñando a las vacas: se sentaba en un taburete alabeado, se despatarraba y torcía la boca cada vez que tiraba de una ubre, ahora para un lado, ahora para el otro. La leche salía disparada y rebotaba en el cubo con un ruido que a mí me sonaba igual que fish-fish, y eso me hacía gracia. Me quedaba arrobado y el olor de la leche, que era un poco empalagoso y un poco agrio, se mezclaba con el de la paja y el del estiércol, y yo iba notando como una especie de calorcillo que me adormilaba. Un día, mientras yo iba oyendo el ruido en el cubo y notaba aquel calorcillo, Pitu me preguntó de qué me reía y yo le conté eso del fish-fish, y que en inglés quería decir pez-pez. Y no sé yo lo que entendió él, pues paró de ordeñar de golpe, me miró con los ojos muy abiertos, y me dijo, hete tú aquí por qué están tan descoloridos esos *bretánicos*. Yo enseguida pensé en Miss Jenkins, la *nurse*, que era blanca como aquella leche y un poco bizca, como la Barrigona, y me entró un ataque de risa, y Pitu se sumó al carro, y la Rubia, al oírnos, soltó un muuuu larguísimo y nosotros que no podíamos parar de reír, como un par de benditos.

Más de una vez me lo había dejado probar, eso de ordeñar a las vacas, sobre todo con la Sufrida, pero yo apenas si hacía brotar cuatro gotas, y siempre tenía la sensación de que les hacía daño a los pobres animales. Mientras Pitu acababa de llenar las lecheras, yo aprovechaba para dar de comer a los terneros y él siempre me decía que era muy espabilado y que me contrataría de ayudante. No se lo decía para no herirlo, pero la verdad es que por nada del mundo me habría gustado ser payés, porque luego Pitu tenía que recoger el estiércol con la horca y lo tenía que ir apilando en aquel estercolero maloliente y pringoso lleno de gusanos y moscas verdes y larvas, o ayudar a parir a las vacas y a las marranas o matar a los pollos y a los corderos y desplumar a las gallinas. Y en verano caía un sol de justicia y, te metieras donde te metieses, te asabas y todo estaba lleno de polvo y tábanos y mosquitos que no te dejaban vivir; y en invierno todo estaba enfangado y te quedabas aterido y la humedad te calaba hasta los huesos. Además, Pitu siempre miraba para arriba, hacia el cielo, y decía que los payeses vivían pendientes del tiempo, como esclavos, y que no tenían ni un día de fiesta porque el ganado no sabía cuándo era domingo o Navidad o la fiesta mayor. Pero también decía que ya le parecía justo todo eso, pues, bien mirado, los payeses eran como los padres de las plantas y de los animales, tenían que protegerlos de todos los peligros: de los topos que fastidiaban los huertos, de los pájaros que picoteaban la fruta, de los jabalíes que echaban a perder los sembrados o de los zorros que se colaban en los gallineros.

Un día que pasaba por la vereda de la masía con la bici, Pitu salía del gallinero con un puñado de pollos muertos. Los traía cogidos por las patas y parecía muy angustiado, lo mismo que cuando granizaba. Todos tenían pequeñas mordeduras en las alas y en los muslos, como si les hubieran clavado pinchazos o mordiscos de vampiro, pero cuando te fijabas mejor, te dabas cuenta de que les habían roído casi toda la cabeza y el cuello. Era como si alguien les hubiera querido hacer sufrir aposta. Quería bajarme de la bici para verlo de cerca, pero oí que Pitu me gritaba, no te detengas, mozuelo, que los estropicios de la comadreja son feos de ver y solo quieren la sangre. Y continué pedaleando con ganas de llegar a la escuela y poderlo contar a todo el mundo, porque me imaginaba que todos me escucharían y se quedarían patitiesos, pero también porque me había quedado un resquemor que se me comía por dentro. Pero cuando lo conté, todos se rieron y bromearon, y el único que parecía preocupado, aunque no dijo ni una palabra, era Torrent. Fue la primera vez que pensé que él y Pitu harían buenas migas.

6

Había algunas tardes de invierno, pocas, en que nadie salía de casa porque el frío pellizcaba y las manos se te quedaban agarrotadas y la nariz se te ponía tan roja que dolía. El huerto estaba dormido, como decía padre, y apenas se veían cuatro escarolas y alguna col chamuscada por la escarcha. El jardín era como una osamenta gigante, con los árboles que parecían esqueletos, sin las flores, y el césped tan marchito y amarillento que habrías dicho que no volvería a crecer ni a ser verde nunca más. El agua de la piscina se iba volviendo turbia, criando verdín, llena de hojas y ramas, y de vez en cuando nos encontrábamos algún animal ahogado que padre tenía que quitar con el retel y que a mí me daba mucha impresión. A veces padre me pedía que le acompañara al bosque a por leña y yo tenía que abrir el saco de par en par y recoger piñas de melis y ramas finas, y se me hacía la mar de pesado. Como hacíamos la vida al lado de la lumbre, siempre cenábamos tostadas con panceta o chuletas de cerdo y de vez en cuando mis padres me mandaban al pueblo a por arenques, que luego dejábamos cocer entre las brasas. Me montaba en la bici, ya oscuro, abrigado hasta las cejas, y no me daba pereza ninguna, porque cuanto más pedaleaba más luz soltaba la bici y más deprisa me parecía que iba y el aliento me salía como el humo de una locomotora. Cuando volvía de la tienda, casi me metía dentro de la chimenea y, poco a poco, iba notando cómo el cuerpo se avivaba y entonces entendía por qué padre siempre decía que el fuego era vida. Pero lo que no entendí nunca era por qué cuando era chico y removía las brasas con un palo, madre me decía que me mearía en la cama.

Los señores, con el frío, venían menos, y a veces Lolo se quedaba en Barcelona, decían que estudiando. Cuando estaban en el chalé veían películas en el salón que daba al estanque, con un aparato que era como de cine sin serlo y en una pantalla que sí parecía un cine, con altavoces y todo. Mandaban a padre que encendiera la lumbre y además ponían la calefacción muy alta, y madre decía que un día los iban a encontrar asados como pollos. Luego bajaban las persianas automáticas y cerraban las luces, y madre les preparaba cortezas y canapés y unos grandes vasos con cubitos de hielo, rodajas de limón y Coca-Cola, que sorbían con una pajita y que yo solamente podía beber por los cumpleaños. Se estaban allí sentados horas y más horas, muy concentrados, y a mí me costaba entender por qué venían al chalé si eso mismo lo podían hacer en Barcelona.

Al final, aunque hiciera frío, me hartaba de estar en casa y callejeaba con la bici o me iba a buscar a Llenas, que siempre se estaba peleando con su hermano o hurgando en el garaje y haciendo inventos del tebeo, como le decía su madre. Nos gustaba ir a la otra orilla del arroyo, justo por encima de la charca de los patos, y hacernos allí una cabaña, así quedábamos a cobijo y podíamos ver toda la masía y un trocito del pueblo, y también la charca, como si fuera nuestro pequeño mar o nuestra piscina privada. Pitu siempre nos dejaba coger maderas, cordeles y cañas o cualquier trasto que nos sirviera y luego acabábamos de armarlo todo con ramas de brezo o lentisco y matas de helecho esparcidas por el suelo. Era más divertido hacer la cabaña que quedarse dentro, pues al poco rato ya no sabíamos cómo ponernos y aquellas hojas de brezo, que eran como agujas diminutas, se nos metían por todo el cuerpo y nos empezábamos a rascar como locos. A Llenas no le ganaba nadie construyendo cabañas, sabía anudar y enroscar y desenroscar y clavar clavos y al final todo se sostenía en pie y era un gustazo. Su padre siempre le estaba encima, diciéndole que era un desastre y que no estudiaba lo suficiente, pero yo pensaba que solo era un desastre en la escuela, porque luego sabía hacer muchas más cosas que los demás y siempre iba con los bolsillos llenos de cachivaches y nunca jamás se le acababan las ideas. Un día incluso desmontó el motor de la Mobylette de Pitu y se la dejó como nueva, y Pitu se quedó pasmado y dijo, eres como un hurón, mozuelo, y nos regaló dos navajas que había comprado en el pueblo. Pero Llenas no presumía nunca de lo que sabía hacer y eso era una de las cosas que más me gustaba de él. Eso y que sabía guardar secretos.

Cuando oscurecía, me volvía para casa y me gustaba escuchar el fútbol en la radio, con padre, que celebraba los goles del Barça palmeando y, si era contra el Madrid, nos abrazábamos y todo. Nos pegábamos un hartón de sufrir y padre siempre gritaba, chuta, coño, chuta, y hoy decía que ese jugador no valía para nada y a la semana siguiente que era un fenómeno. Me acuerdo de que cuando ganamos la Recopa, padre levantó los brazos y gritó, ahora ya me puedo morir, y madre le regañó y le dijo, aunque medio riéndose, anda, Mateu, no digas disparates. Después del partido, que parecía que no se iba a acabar nunca, nos comimos un brazo de gitano para celebrarlo y me dejaron sorber un poquito de su champán. Pero lo mejor de todo fue que le estuvimos tomando el pelo a Paco durante unas cuantas semanas y que los abuelos me regalaron una camiseta con el número de Neeskens.

Cuando padre y yo habíamos terminado de escuchar el fútbol en la radio, madre aligeraba la cena y avisaba a los señores. El suelo del chalé, que era de madera encerada, crujía cuando andabas por encima y a mí siempre me recordaba una historia de miedo y pensaba que cualquier día algo gordo iba a pasar y saldríamos en los periódicos. De vez en cuando, si tenían invitados y estaba demasiado atareada, me mandaba a avisarles y siempre me decía que no me quedara embobado y que no molestara a los señores. Pero yo no le hacía caso, andaba de puntillas para no hacer ruido y me quedaba un rato de pie, escondido en la oscuridad, mirando aquellas imágenes que se volvían cada vez más grandes, y aquellos actores y actrices que ya conocía de otras películas y que parecía que solo me hablaban a mí y que en cualquier momento iban a salir de la pantalla. Al final siempre acababa mirando las caras y los gestos de los señores y los gemelos y Lolo, que resaltaban gracias a la luz de la pantalla, y me parecía que eso que veía también era una película.

7

Llenas y Escudero todo el día me estaban dando la paliza y repitiéndome que me apuntara al equipo de fútbol, se ve que les faltaba gente y el entrenador estaba desesperado. Al final me apunté, un poco porque me lo pedían ellos y otro poco porque me apetecía y pensaba que me lo pasaría bien. Nos entrenábamos dos veces por semana, aunque yo solo podía ir un día, pues el otro me coincidía con las clases de inglés, que eran sagradas. Llenas jugaba de portero y no lo hacía del todo mal, solo que era un pelín bajito y en los córners la liaba, y el entrenador le decía que a veces salía a cazar mariposas. El que era buenísimo era Escudero, y eso que andaba un poco zambo: la meneaba como quería y parecía que tuviera un imán en los pies, solo podían pararle haciéndole falta, y cuando la pillaba bien, la pelota salía como un barreno, igual que en las faltas que lanzaba de vez en cuando Rexach.

Los domingos que jugábamos en casa, padre se escapaba para verme, aunque los señores hubieran venido al chalé, y de vez en cuando también me acompañaba a los partidos de fuera, con madre, que se pasaba todo el rato gritando, ay, ay, cuando algún jugador se acercaba con la pelota a nuestra área. A mí me hacía mucha ilusión que me vinieran a ver y me esforzaba tanto como podía, pero como sabía que estaban pendientes de mí, pues también jugaba un poco agarrotado. Cuando yo tocaba la pelota, padre ponía la misma cara que cuando encontraba un rodal de níscalos, y yo me imaginaba que un día jugaría en el Barça y sería tan bueno como Migueli. También me imaginaba que padre veía el cielo abierto sabiendo que yo iba a ganar muchos millones y que él y madre no tendrían de qué preocuparse. Quizá todo eso eran suposiciones mías y mis padres lo único que querían era que me lo pasara bien y nada más. No sé, a veces pensaba que era un poco difícil eso de ser un niño, todo el día te decían lo que tenías que hacer, te gustara o no; y todavía era más difícil ser hijo y saber qué querían y qué pensaban tus padres, cuando a veces ni ellos mismos se aclaraban.

Yo no era demasiado bueno, la verdad, y si jugaba atrás no era porque tuviera la maña y la fuerza de Migueli, sino porque el entrenador no debía saber dónde ponerme y a lo mejor allí no estorbaba tanto. En los entrenamientos me repetía siempre que me daba miedo la pelota y que, por eso, cuando iba de cabeza cerraba los ojos en vez de tenerlos bien abiertos para no perderla de vista. Y debía tener razón porque cuando veía venir a un delantero disparado no me atrevía a entrarle y, si lo hacía, volvía a cerrar los ojos y se me escabullía por cualquier lado. Llenas siempre se quejaba de que le dejaba solo y un día que nos dieron una paliza me lo reprochó delante de todo el equipo, mientras nos cambiábamos, y el único que me defendió fue Torrent, que también jugaba de defensa y debía sentirse culpable. A mí me supo tan mal que discutí con Llenas y estuvimos no sé cuántos días sin hablarnos. Cuando ya volvíamos para casa, Torrent se me acercó y me dijo, déjalo, ni que fuera Arconada, éste, y luego hizo un gesto como si me quisiera poner la mano en el hombro y después se lo repensó.

Cuando se acabó la temporada hicimos una merienda en el casino del pueblo, con el entrenador y todos los jugadores y también algunos padres. Nos llamaron uno por uno y nos dieron una foto enmarcada con todo el equipo, y al entrenador le regalamos un chándal y un anorak entre todos. Estuvo bien, pero la temporada siguiente ya no volví a apuntarme y me quité un gran peso de encima. Nadie me preguntó el porqué, ni los compañeros ni el entrenador ni mis padres. El único que me lo podía haber preguntado era Escudero, pero como era tan bueno ya le habían ascendido a otra categoría. Creo que todo el mundo hizo lo que debía hacer y, además, seguramente hay cosas de las que es mejor no hablar.

Con Llenas ya habíamos hecho las paces y volvía a ser mi mejor amigo, porque, como decía Pitu, solo debes desapegarte de los que no tienen remedio. Y con Torrent ya no nos hacíamos la pascua, y hasta nos saludábamos cuando nos encontrábamos con la bici por el pueblo y, si digo la verdad, a veces hacía cuanto podía para coincidir con él.

8

Ya lo habían dicho en la tele y en la radio, que iba a llover a cántaros, pero lo que no habían dicho es que llovería sin parar, días y más días, con un clac-clac aburrido que repicaba en el tejado y que te amodorraba como si siempre te cantasen la misma canción. Mis padres miraban la lluvia por la ventana y no paraban de repetir que no recordaban nada parecido desde que eran chiquillos, pero eso lo decían muy a menudo y vete tú a saber si era verdad. Y Pitu corría todo el día con el impermeable, tapando agujeros y achicando agua, y gruñendo que, si continuaba la lluvia, hasta los patos se ahogarían. Aquellos días no pude ir a la escuela en bici, claro, y aunque hubiera parado de llover todo eran aguazales y todos los caminos estaban embarrados y los senderos echados a perder. Padre tenía que llevarme en coche o, a veces, si tenía que ir al pueblo, me dejaba en casa de Llenas y acababa de llegar a la escuela con su madre y su hermano, el zopas. Todos íbamos con katiuskas, menos Escudero, que no se quitaba las botas de fútbol ni en pleno verano, y con paraguas, que usábamos para todo menos para guarecernos de la lluvia. No nos dejaban salir al patio, que era un barrizal, y desayunábamos y jugábamos en los pasillos, que estaban mojados y sucios de fango y serrín; parecíamos monos enjaulados y todo eran carrerillas y gritos y trompazos. Todo el mundo estaba tan alborotado que siempre nos acabábamos peleando. Un día de ésos Llenas y Torrent se agarraron fuerte, se tenían cogidos por el pelo y ninguno de los dos quería soltar al otro. Los dos decían, tú primero, pero cada vez se tiraban con más fuerza y con más rabia. Me llamaron a mí para que probara a separarlos y no los pillara el señor Anglada, el director, y fueran derechitos al despacho y con un castigo de los gordos. Cuando me acerqué y Torrent me vio, soltó enseguida a Llenas y se marchó llorando, con un manojo de cabellos en la mano. Nunca le pregunté lo que había pasado ni por qué se habían peleado, pero Escudero me contó que les había oído hablar de mí, y Escudero no decía mentiras porque no tenía ni pizca de imaginación.

Durante aquellos días los señores no vinieron al chalé. En las noticias decían que era peligroso coger el coche y que, además, había muchas carreteras cortadas. Se ve que en un pueblo cerca de Barcelona el río se salió de madre y arrastró a toda una familia que iba en coche y todavía los andaban buscando. La señora llamó un día, bastante tarde, y madre le dijo que aquí todo estaba bien, que solo había habido un poco de temporal. Luego se puso el señor y mandó a padre a comprobar cómo estaba el yate que tenían amarrado en el puerto. Madre no me quería dejar ir con él, pero al final lo acompañé y, por unos momentos, creí que la lluvia nos engulliría como a aquella familia del telediario, porque el limpiaparabrisas no daba abasto, ñic-ñic, ñic-ñic, y apenas veíamos la carretera. El coche levantaba remolinos de agua y temblequeaba; parecía tal cual que condujésemos por el interior de una balsa y padre iba renegando, preocupado por si entraba agua en el motor y nos quedábamos ahí tirados, en medio de la lluvia. De lejos, el mar y el cielo no se distinguían, todo era como una masa gris, muy oscura y muy fea, y si alguien me hubiera dicho que se iba a acabar el mundo me lo habría creído. El yate aún estaba ahí y se balanceaba en el agua por la fuerza de las olas, como si fuera de juguete y se fuese a romper en cualquier momento. Padre lo miró un rato y meneó la cabeza, aunque no quiso apearse del coche ni que nos acercásemos más. Tampoco hace falta que nos lastimemos, dijo, y nos volvimos para casa.

Llovió tanto que al final el agua se llevó por delante un trozo de la rocalla del jardín y salieron goteras en el garaje y en los lavabos del gimnasio. Padre sufría por si se agrietaba toda la pared y se hundía el porche de la piscina, que estaba justo al lado de la rocalla, así que llamó enseguida a Noguera y le preguntó si podía mandar a unos albañiles del pueblo para que lo arreglasen. Noguera le dijo que no, que ya mandaría él a una empresa de Barcelona que eran especialistas en esas cosas. Y padre, que se había pasado la noche en blanco preocupado por la lluvia, no se pudo contener y le contestó que cuando llegasen a lo mejor la pared ya se habría venido abajo y que, además, les costaría más el viaje que la reparación. Al final, como siempre, padre tuvo que callarse y obedecer, aunque se enfadó mucho y le dijo a madre que hablaría con el señor porque todo aquello no tenía ni pies ni cabeza.

Al cabo de unos días, cuando ya volvíamos a ver el sol, llegaron un camión y dos furgonetas de Barcelona con un rebaño de albañiles y peones que todo el día cantaban rancheras y boleros o tenían la radio tan alta que se oía a la legua. Se quedaron en la fonda del pueblo y aquello se alargó no sé yo cuántas semanas; al final se había agrietado la pared del porche y también se había resentido alguna viga, y tuvieron que arreglar una parte del tejado del gimnasio y repicar y enyesar el techo del garaje. Madre estaba un poco harta porque los trabajadores, a cada trique, le entraban en la cocina a pedir alguna cosa, ahora un vaso de agua y luego una pizca de sal, y le dejaban el suelo lleno de pisadas y de cemento. Yo coincidía muy poco con ellos, pues las horas que ellos trabajaban eran las que yo iba a la escuela. El sábado por la mañana los veía desayunar al lado de la piscina: encendían un fuego con lo primero que pillaban y se preparaban tostadas y butifarras mientras se iban pasando la bota de vino y soltaban disparates. Un día que me vieron con la pelota me preguntaron de qué equipo era y resulta que solo había uno del Barça, los demás eran todos del Madrid y del Betis. A mí me cayeron bien enseguida y nos estuvimos pasando la pelota un buen rato; incluso uno que se parecía a Krankl remató de cabeza como si fuera el mismísimo jugador. Después otro muy alto me hizo un juego de manos con una moneda que me dejó con la boca abierta. Cuando terminó, todos se echaron a reír y el alto me regaló la moneda, que era de veinticinco, y me dijo, toma, chaval, *pa* chucherías. No conté nada a mis padres, no fuera que me hiciesen devolver el dinero o me prohibieran ir a ver a los albañiles. Padre decía que no paraban mientes en nada y que la piscina estaba llena de broza y, de tanto pasar y volver a pasar, le estaban arruinando el césped y ya se veía venir que tendría que replantarlo de arriba abajo y que encima la señora refunfuñaría porque no estaría listo para el verano. Además, padre estaba convencido de que los albañiles entretenían el trabajo porque nadie les vigilaba y que, si lo hubiera hecho Boix, el albañil del pueblo, aquello ya haría días que estaría listo. Madre le aconsejaba que no se metiera, que Noguera era muy suyo y que ya se las apañarían todos ellos, pero padre se subía por las paredes y todo el rato repetía dos cosas que a mí me hacían mucha gracia: que todo aquello olía a chamusquina y que llamaría al señor porque si no acabaríamos como el gallo de Morón, sin plumas y cacareando.

9

Cuando empecé las vacaciones de la escuela, los señores ya se habían instalado en el chalé para pasar el verano. Primero llegaba la señora con su coche y traía a los gemelos y a la *nurse*, y al cabo de unos días venía Paco con las sirvientas filipinas y Lolo, que siempre tenía exámenes de música, aunque yo nunca le vi tocar ningún instrumento. El señor llegaba más tarde y a veces se volvía a marchar enseguida, se ve que por negocios y reuniones y viajes al extranjero. También traían a los perros, Truman y Harpo, que padre maldecía en voz baja porque escarbaban en el jardín y en el huerto, y madre porque soltaban pelo y se meaban en cualquier sitio. A mí me gustaban aquellos perros: no eran como los de las masías cercanas ni como los de las cacerías del abuelo, plagados de pulgas y llagas, y tuertos; éstos eran limpios y mansos y muchas veces me seguían si salía con la bicicleta cuando bajaba el sol. Truman era de color chocolate, con el pelo brillante y largo, y no se movía de mi vera, como si todo el rato me estuviera vigilando. En cambio Harpo debía ser cazador, con esas orejas tan tiesas y siempre husmeando, iba a la suya y se metía en todas las madrigueras y ladraba al ganado. Yo sufría por si se escapaba, aunque solo había que echarle un silbido y venía como una exhalación, con las orejas para atrás y un palmo de lengua colgando. Pero un día estuvo mucho rato perdido y yo pensé que ya me había metido en un berenjenal; suerte que Torrent se lo había encontrado cerca del pueblo y Harpo le había seguido porque había olisqueado a su perra, que andaba alta. Cuando Torrent y yo nos cruzamos con las bicis, Harpo iba pegado a su rueda y no quería seguirme por mucho que le silbara. Ya me veía el castigo encima cuando Torrent me dijo que me acompañaría hasta casa y así nos las apañamos. Yo me daba cuenta de que Torrent quería ser mi amigo, pero aún me acordaba de aquello del reloj que desapareció y no me acababa de fiar, aunque cada vez me parecía más imposible que el culpable fuera él. Cuando llegamos a casa no supimos qué decirnos, pero yo notaba que a los dos nos apetecía estar juntos y alargamos la despedida de mala manera, hasta que madre me llamó para que le fuera a buscar requesón a la masía Bou.

Pitu, cuando me veía con Truman y Harpo, ya se reía de lejos y me decía que no cazarían a una liebre ni aunque fuera coja. Yo me picaba un poco, como si los perros fuesen míos, y le contestaba que eran de raza, y él volvía a reírse y decía, sí, de raza bastarda y de familia bien. No te podías enfadar con Pitu ni aunque quisieras.

Durante toda la mañana madre andaba de cabeza y en la cocina del chalé apenas si se podía respirar del calor que hacía, entre los fogones, el horno, las cámaras frigoríficas y el resol del patio. Padre la ayudaba después de haber regado el jardín y el huerto y haber ido al pueblo a comprar, aunque siempre lo acababan llamando por algo, que si la piscina, que si un aspersor... Una vez, madre empezó a ir de un lado para otro de la cocina, como si estuviera borracha o bailara, y yo creí que estaba de guasa, aunque ella no era de las que hacían esas cosas. Al final me levanté del taburete y cuando quise ayudarla, ya estaba en el suelo, blanca, con los ojos como de cristal y un chichón en la cabeza, pues se había dado un golpe contra la alacena. Llamé a padre, pero no me contestaba porque el señor le había mandado a por un encargo al pueblo y me puse tan nervioso que no me salían las palabras ni me atrevía a dejar sola a madre porque creía que se estaba muriendo. Al final, apareció Paco y nos la llevamos al dispensario. Me pasé todo el camino llorando, aunque Paco me repetía que no sería nada y me hablaba de fútbol para distraerme. Era tan buena persona, Paco, que llegó a decirme que Simonsen era el mejor jugador de la liga y que ya lo quisiera él para su equipo. Cuando por fin llegó padre, el médico le dijo que madre había tenido una lipotimia, que se ve que es como un mareo muy fuerte y el corazón y la respiración te van más despacio. El médico le recomendó unos días de descanso y que vigilara la presión y se tomara vitaminas, pero costó mucho que le hiciera caso y que se estuviera quieta en el sofá. Yo veía sufrir a padre y no sabía cómo ayudarles y me daba mucho miedo que madre cayera enferma si no se comportaba cómo debía. Al final vino el señor a casa y le dijo, Antònia, haga el favor de cuidarse; y pobre de usted que yo la vea por la cocina. Y así fue la única manera.

10

A la mañana siguiente la señora mandó a Paco a buscar al cocinero de Barcelona, que llegó con una maleta con sus cuchillos y otra hasta los topes de especias y potingues. Se llamaba Raimundo y, para cocinar, se ponía un uniforme y un gorro blanco y largo, y en todas partes echaba crema de leche y hierbas. Padre estaba que mordía cada vez que el cocinero le daba la lista de la compra, y decía que no tenía ni idea de dónde iba a encontrar todas esas gilipolleces. Madre sufría por tener que hacer reposo, estaba de mal humor y no sabía cómo pasar las horas, y además temía que el cocinero de Barcelona le trastornara todos los armarios y la despensa. Cada día le preguntaba a padre cómo iban las cosas por la cocina y él siempre le decía, si ése tiene que hacer un arroz a la cazuela, más vale que lo encarguen en la fonda.

Mientras estuvo el cocinero de Barcelona, yo no me atrevía a quedarme en la cocina del chalé; le oía soltar palabrotas muy a menudo y creo que no le gustaban demasiado los niños. Algunos de los platos que preparaba Raimundo ya me convencían, aunque otros sabían dulzones o sosos, sin nervio, como si se hubiera olvidado de añadirles algo. Lo que no me gustaba nada era que todo el día echaba piropos a las sirvientas filipinas y las llamaba chati y nena. Y presumía de que había trabajado en los mejores hoteles del mundo y de que conocía a fulano y a mengano, todos famosos y gente importante. A la que se ponía el uniforme y el gorro, parecía otra persona.

Cuando todo el mundo estaba atareado, yo aprovechaba para salir a la terraza del patio y veía la piscina a través de los tamarices: era como un espejo deslumbrante que no podías dejar de mirar, con aquellos azulejos azul cielo, tan pequeñitos, y el agua que bailaba y con reflejos de todos los colores, y un trampolín en la punta que soltaba un gemido cada vez que alguien se lanzaba desde lo alto. La señora tomaba el sol con unas amigas y el señor se estaba a la sombra, despechugado y sentado en un taburete de la barra que había bajo el porche, leyendo el periódico y con un vaso en la mano. Los gemelos y sus amigos hacían piruetas desde el trampolín, se hundían los unos a los otros, se perseguían bajo el agua o nadaban como si participaran en una carrera olímpica. Jugaban a un juego al que llamaban salto de bomba y otro al que le decían salpicar-salpicar y que a mí me sonaba a una comida exótica y picante. Todos tenían la piel morena y reluciente, y madre siempre decía que cuando llegaban parecían una bacaladilla, luego un salmonete y al final estaban más oscuros que un mero. Cuando estaban hartos de nadar y hacer tonterías, se envolvían como gusanos de seda en toallas suaves que olían a espliego y que lavaba y planchaba madre, y durante horas tomaban el sol en las tumbonas, y padre comentaba, parecen tal que lagartijas desviviéndose por el calor. Después las sirvientas traían el aperitivo y lo dejaban en las mesas esparcidas por el césped, y justo entonces solía venir Lolo, que siempre se levantaba más tarde que los demás y se pasaba muchas horas encerrado en su habitación.

A veces, cuando padre segaba el césped, me llamaba para que lo recogiera con el rastrillo o me mandaba a regar las plantas antes de que se levantasen los señores y, a cambio, me daba dinero para ir a tomarme un helado o una horchata al pueblo. Solo me dejaba meter los pies en la piscina, mientras él la limpiaba y repasaba el motor y los filtros, aunque yo me imaginaba nadando, atravesándola de punta a punta por debajo del agua, como un delfín, y casi me parecía sentir la frescura del agua en la piel, hasta que padre me decía, va, no te embobes que nos va a pillar el toro. Solo me dejó bañarme una vez en la piscina. Coincidió que era mi cumpleaños y que los señores habían salido a navegar en el yate. A partir de entonces, me moría de ganas de que se marcharan en el yate, a ver si padre me daba permiso para meterme otra vez en ella, pero ya no volvió a pasar nunca más.

11

Por la Asunción de María, los señores organizaban una fiestaza que duraba hasta el amanecer. Durante todo el día había un trajín de personas entrando y saliendo del chalé, montaban mesas y tarimas, colocaban luces y altavoces, barras y neveras, y las cajas de comida y bebida llegaban a porrillo. Padre tenía que colgar guirnaldas por todo el jardín, como si fuera la fiesta mayor del pueblo, y comprobar que todo estuviera impecable, cada flor, cada luz o cada cojín de los sofás de mimbre. Paco echaba una mano a mis padres, y si faltaba algo se ofrecía para ir al pueblo a buscarlo. Yo estaba al quite por si me dejaban acompañarlo, así siempre me acababa cayendo algún regalillo y, además, me lo pasaba en grande charlando con él, sobre todo cuando jugábamos a ser entrenadores y teníamos que decir a qué jugadores ficharíamos para la nueva temporada.

Cuando oscurecía, el jardín parecía de película y se encendían las primeras luces, llegaban los músicos y ensayaban un rato en el escenario al lado de la rocalla. Después madre preparaba la cena para el servicio y los músicos se unían a nuestra mesa, y siempre decían que nos dedicarían una canción para agradecernos la comida. También venían unos camareros de alquiler, de Barcelona, que llevaban pajarita y preparaban cócteles en una especie de copas gigantes y servían las mesas con una mano detrás, como si fueran juguetes a los que habían dado cuerda. Las sirvientas filipinas vestían faldas oscuras y delantal blanco con borlas y se paseaban por el jardín con bandejas llenas de comidas raras y copas de todos los tamaños. Había una muy guapa que se llamaba Nelly y que tenía unas pestañas tan grandes y preciosas como las aletas de una escorpina. No sé cuántos años debía tener, pero todos decían que era muy jovencita y muy vivaracha. A mí me gustaba porque era menuda y risueña como una muñeca, y parecía que siempre anduviera de puntillas porque nunca la oías venir. Tenía el pelo muy negro y reluciente, largo hasta media espalda, y le olía a coco. Como era recién llegada de su país, me hablaba en inglés y, cada vez que me miraba, me ponía colorado.

A menudo mis padres comentaban que había gente muy importante en la fiesta, políticos y gente así; incluso un cantante que veraneaba cerca y que a madre le debía gustar mucho pues en casa teníamos más de un disco suyo. Así es que me repetían mil veces que sobre todo no estorbara. Yo me quedaba solo en la habitación, con la ventana abierta de par en par, y oía la música y las conversaciones del servicio a lo lejos y la algarabía de los invitados, que acababan bañándose en la piscina, con chillidos y carcajadas, igual que si fueran críos. También tiraban cohetes, como si fuera la verbena de San Juan, y yo los veía desde la cama explotando en el cielo, con aquella peste de azufre que me recordaba las tomateras del huerto. Al día siguiente Llenas decía que también los había visto y oído, los cohetes, y siempre quería saber lo que había pasado en la fiesta y yo se lo contaba exagerándolo todo un poco. Cuando pasaba por la masía Bou, Pitu también me contaba que había oído los cohetes y luego añadía, me cago en diez, estos de can Fanga me han desvelado a mí y al ganado entero, y aseguraba que el gallo había cantado antes de hora, pero como lo decía riendo yo siempre me imaginaba que estaba de guasa.

Mis padres acababan tarde, como casi todas las noches de verano, y a mí me costaba mucho dormirme, estaba como agitado por tanto trajín y tanto ruido y tanta luz. Y una noche en que no paraba de dar vueltas y las sábanas se me pegaban a la piel, empecé a tocarme y me gustó mucho. Y mientras me tocaba empecé a pensar en Nelly y todavía me gustó más. Y, de pronto, sentí como si todo mi cuerpo se sacudiera por dentro, como un hormigueo que me llegaba hasta la yema de los dedos y a cada pelo y a los granitos ésos de la lengua, y tuve la sensación de que me moría. Luego noté un vacío muy grande, una especie de vértigo, y me quedé jadeando, sin aliento, tumbado en la cama, boca arriba, como si hubiera nadado mucho, muchísimo, y no pudiera moverme de la arena. Y me quedé dormido sin saber si todo aquello era bueno o malo.

12

Madre siempre decía que el arroz a la cazuela era el plato más difícil de cocinar, si te descuidabas un poco, ya lo habías echado a perder. Padre entrecerraba los ojos y asentía con la cabeza y luego añadía, con el arroz no se juega. Por eso el día que había arroz a la cazuela para comer, padre iba al mercado y compraba el mejor pescado y marisco a las pescaderas de confianza. Es para los señores, decía, como si pidiera una cosa muy importante, y ellas escogían las gambas más grandes y más rojas y las cigalas que aún se meneaban sobre el hielo, preguntaban si queríamos la melsa de la sepia y lo envolvían todo en papel de periódico. Yo aprovechaba para ir a la tienda y comprarme un libro, un tebeo o un helado con la paga que me daban mis padres por ayudarles; el resto lo ahorraba para poder comprarme algún día una moto, aunque fuera de segunda mano, medio escacharrada y Llenas me la tuviera que arreglar.

Cuando volvíamos a casa, se reunían todos en la cocina para ver las gambas y las cigalas, y la sepia que escupía tinta, y todos los animalejos que madre echaría en la olla para preparar el caldo. A mí me parecía que todo aquello les daba asco, aunque todo el rato soltaban comentarios muy exagerados y bromas y chistes, sobre todo los gemelos. Además, la señora siempre le pedía a madre que les sacase los ojos a las gambas y a las cigalas, decía que la impresionaban mucho y que, con ojos, no habría sido capaz de comerse ni una porque le parecía que la estaban mirando. Cuando madre echaba el arroz a la cazuela, volvían a venir a la cocina y se acercaban a los fogones para ver cómo hacía chup-chup, como si aquello fuera una cosa del otro mundo. Olisqueaban uno tras otro y decían, huele a gloria, y aplaudían a madre, que no sabía qué hacer ni qué decir y se secaba las manos en el delantal. Y yo lo aguaitaba todo desde el taburete del rincón, como si todo aquello fuera un circo o una comedia. Eso sí, el arroz de madre te obligaba a cerrar los ojos mientras te lo comías y te entraban ganas de aplaudirla.

Siempre almorzaban muy tarde y, después de comer, hacían una siesta larguísima. Todo se detenía y no se oía ni una mosca y parecía que anochecía porque bajaban las persianas y corrían las cortinas; hasta Truman y Harpo se tumbaban por los pasillos, y el ganado de la masía Bou, que según cómo soplaba el viento se oía a lo lejos, parecía aturdido por el bochorno. Si alguien llamaba, madre siempre contestaba, los señores están descansando, y la voz le sonaba como si no fuera la suya. Después se daban un chapuzón en la piscina, se duchaban, se emperejilaban y se marchaban a dar una vuelta por el pueblo o los pueblos de los alrededores, iban a tiendas, a bares y a otros sitios donde nosotros no íbamos nunca. Aunque estuviéramos en pleno verano, siempre salían con un jersey finito sobre los hombros y dejaban tras ellos una especie de rastro de limpio y de perfume, como si quisieran que todo el mundo supiera por dónde andaban. En lugar de salir por la puerta principal, salían por la cocina y preguntaban qué había para cenar. A veces la señora decía que se quedarían a cenar en algún restaurante y madre improvisaba una comida solo para el servicio.

Entonces podía sentarme junto a Nelly y mirarla de reojo: le miraba los muslos, que parecían de piel de níspero, y los labios, que los tenía carnosos y de color de fresa. De vez en cuando, entre botón y botón del uniforme, le podía ver el sujetador, blanquísimo, de blonda, con agujeritos. Y un día que no llevaba, le vi un pecho redondo como media naranja y un pezón oscuro que parecía una avellana. Hasta que me pilló y noté las mejillas ardiendo y hubiera querido desaparecer. Ella solamente sonrió y se puso bien el uniforme. Dije que no quería postre y, después de cenar, corrí a mi habitación y me toqué hasta que caí redondo.

13

Cuando los señores se marchaban a navegar en el yate, madre se levantaba aún más temprano para prepararles el almuerzo y a veces me despertaba para que le hiciera algún recado. A menudo me mandaba a la masía Bou a por huevos y Pitu me dejaba entrar en el gallinero y me enseñaba los polluelos como si fueran un tesoro. A aquella hora y en pleno verano, la masía parecía encantada, olía distinto y tenía unos colores más vivos, como si alguien hubiera resaltado cada cosa con un rotulador, y me sabía mal no poderme quedar un ratito más.

Los señores los llamaban fiambres, a aquel redondo de ternera, a aquellas tortillas y a aquel rustido, y las sirvientas filipinas lo metían todo en cazuelitas y neveras y lo empaquetaban con mucho desparpajo, como si hiciesen trabajos manuales. Yo no entendía por qué lo guardaban en las neveras de plástico, si padre me había dicho que el yate tenía neveras y cocina y camas, incluso una tele y una barra con luces de colores. Lástima de comida, decía padre, mientras lo cargábamos todo en el coche para llevarlo hasta el puerto. Cuando nosotros llegábamos, ellos ya estaban allí, porque a veces los gemelos y la señora habían venido con Paco, y el señor y Lolo venían después porque iban a buscar cebo y otras cosas para pescar. Subían todos al yate y nos decían adiós con la mano, como si no tuvieran que regresar nunca más, y a veces los gemelos hacían muecas y borricadas, como decía madre. Yo leía el nombre del yate, que se llamaba *Victoria*, y me fijaba en algunos detalles: las barandas brillantes, con un tendido de toallas, los cristales oscuros de la cabina, el morro puntiagudo... Entonces empezaba a hacer cálculos y me imaginaba cuánto podía costar, y lo comparaba con las otras barcas que veía, como si me diera rabia que alguna de ellas le pudiera hacer la competencia.

Padre conocía a todo el mundo y con todo el mundo se avenía; le gustaba mucho charlar con los pescadores y fisgonear dentro de las barcas y pararse a ver el pescado. Al final siempre volvíamos a casa con una bolsa de cabrillas, anchoas o salmonetes, que eran los que más me gustaban, y madre los freía para comer, con una ensalada del huerto, solo para nosotros; decía que en Filipinas no comían esos pescados ni tomate pera, aunque no sé yo de dónde lo había sacado. Mientras padre se quedaba con los pescadores, yo me iba a la playa y, aunque me quemara los pies en la arena, buscaba el yate entre las demás barcas que se iban marchando. Cuando lo encontraba, me tiraba al agua de golpe, sin pensármelo y sin poder evitarlo, y empezaba a nadar y nadar, como si quisiera atrapar el yate que huía, hasta que no podía más y me agarraba a una boya o a una barca y, aún sin aliento, lo veía alejarse muy lentamente pero sin remedio.

Volvían tarde, hartos de sol y de mar, y como decía madre, hambrientos como lobos. La piel les brillaba como si tuviera escamas de sal, como cristales de purpurina, y soltaban un olor cargante, de crema solar y sudor y salobre, que me ponía de mal humor. Lolo y sobre todo los gemelos contaban historias que parecían aventuras, allí de pie en la cocina, muy alterados, como si tuviesen miedo de dejarse algún detalle muy importante: los animales que habían visto, los lugares donde se habían bañado, las otras barcas con las que se habían ido cruzando. Y todo el rato decían, te lo juro y estupendo. Yo les escuchaba desde el taburete del rincón, con el libro entreabierto sobre el regazo, y notaba cómo poco a poco me iba alejando de todos y de todo. Me imaginaba abrazado a Nelly, al frente del morro puntiagudo, que iba abriendo las aguas y levantando unas olas inmensas, y viajaba hacia una isla desierta y desconocida, y yo arreaba mi imaginación y, como a menudo me decía madre, de repente ya no estaba ahí. Pero al poco rato me despertaban sus gritos y sus risas, y su olor cargante, y toda mi historia se derretía como un helado que te tomas a pleno sol y volvía a sentir el bochorno y el vaho de la cocina, que me provocaban náuseas y arcadas y creía que me iba a desmayar, como le había pasado a madre aquel día.

Aquellas noches me costaba dormirme, oía a los mosquitos volando alrededor de la oreja como si quisieran entrar en mi cuerpo y comérselo por dentro, las sábanas se me pegaban a la piel como gusanos viscosos y me perseguían pesadillas y angustias cada vez mayores. Me habría gustado tener a Nelly a mi lado, aquellas noches, sentir su piel fresca y suave, de níspero, y darle muchos besos en aquellos labios carnosos de fresa y en aquellos pechos con pezones como avellanas. Y no hablarnos, solo navegar juntos en aquel yate del morro puntiagudo, lejos, muy lejos.

14

Me acuerdo de que una mañana padre estaba muy nervioso porque había quedado para hablar con el señor y todo el rato daba vueltas por la cocina del chalé, como un abejorro. Resulta que le quería pedir que nos subieran el sueldo, íbamos muy apurados de dinero y el coche cada vez tenía más averías. Yo estuve a punto de contarle que Llenas había arreglado la Mobylette de Pitu y que a lo mejor también se las apañaría con el motor de nuestro coche, pero vi a padre tan angustiado que me lo callé. Antes de marcharse a jugar al golf, el señor le mandó llamar y padre caminó hacia el salón como si llevara atadas a las piernas aquellas cadenas con bolas de los prisioneros. Se ve que el señor le dijo que era un mal momento, que los negocios no chutaban demasiado bien y que la situación política era muy delicada, que quizá más adelante. De todas formas, padre era muy tozudo, cuando había que serlo, y no quería irse con las manos vacías, así que cogió aire y le dijo al señor que el verano se les hacía muy largo sin ningún día de fiesta, y que cada día era igual que el día anterior, y que a mí a duras penas me veían. Al final el señor aflojó y decidió que podíamos librar los jueves, aunque madre les tendría que dejar la comida lista el día antes. Fuera como fuese, a madre siempre le tocaba bailar con la más fea.

Así que los jueves mis padres se levantaban un poquito más tarde, sin prisas ni apuros, y estaban más risueños y los tenía a los dos para mí. Desayunábamos pan con tomate y una tortilla en el patio, porque madre decía que debíamos coger fuerzas, con la frescura de las baldosas que me hacían cosquillas en las plantas de los pies. Hacíamos planes para todo el día, como si hacer siempre lo mismo fuera siempre distinto, y padre, con las manos detrás de la nuca, decía, esto es vida. Atiborrábamos el coche con la comida y las bebidas, con todos los trastos de playa, y nos parábamos en la confitería a recoger el roscón que teníamos encargado y, a veces, padre incluso compraba el periódico y leía las noticias de política y del Barça. Por el camino, yo me ponía los auriculares del *walkman*, que me habían regalado los señores, subía el volumen al máximo, bajaba la ventanilla, cerraba los ojos y, mientras el viento me refrescaba la cara y me voleaba los cabellos, solo veía una franja de luz suave, ahora roja, luego naranja, y después grana, y no sabría decir por qué pero eso, solo eso, me hacía muy feliz. Aparcábamos en un callejón sin salida, bajo la misma sombra de un pino que madre decía que era centenario, y padre ponía las ruedas del coche ladeadas y todavía las calzaba con una piedra porque la calle hacía pendiente y decía que de aquel coche no te podías fiar.

El sendero, que atajaba por medio de un matorral, quedaba escondido tras unas matas de lentisco y era empinado, lleno de pedruscos y raíces, y alguno de nosotros siempre resbalaba, cargados como íbamos con capazos y bártulos, pero me daba igual porque me gustaba mucho el olor de pinaza y romero y el sol que chocaba contra las rocas y parecía que las quisiera encender. Incluso en pleno verano, aquella cala estaba desierta y los tres nos mirábamos como si aquello fuera un pequeño milagro o no nos lo acabáramos de creer. El primer día en la cala la piel me quedaba roja y ardiente, y madre me decía que no me estuviera tanto rato al sol, pero yo no le hacía ningún caso y luego me arrepentía porque por la noche me escocía de mala manera y apenas sabía cómo ponerme en la cama. Pero luego se me iba cayendo, como si fuera una serpiente, y a mí me encantaba arrancármela a pedazos y mirarlos a contraluz, tan finos y con esos dibujos que parecían mapas de montañas y ríos. Y al final se me volvía tan oscura que madre decía que parecía un gitanillo.

De vez en cuando nos llevábamos a Llenas con nosotros, pero como no sabía nadar demasiado bien yo prefería que no viniera, porque siempre acababa tragándose agua y después no quería moverse de las rocas. Y eso que aquel mar era muy manso, como en miniatura, y como mucho soplaba un vientecillo salobre que solo traía hinojo marino. Aquí siempre parece que se detenga el mundo, decía madre, que ya venía a la cala de chica con los abuelos y sabía el nombre de todo lo que se podía ver con los ojos. Así que llegábamos, recogíamos troncos y piñas y madre encendía un fuego a cobijo del viento para preparar el sofrito. Padre y yo íbamos a por mejillones y cangrejos peludos, que atrapábamos con un punzón que habíamos hecho expresamente con Pitu. A menudo veíamos las barcas que pasaban de largo y las gaviotas que volaban por encima de ellas, chillando, como si vigilaran quién entraba y salía de la cala. De vuelta, bebíamos agua de una fuente incrustada en la roca, bajo la sombra de un pino retorcido, y poníamos un melón en fresco en un cubo de cinc. El ruido repetitivo del agua repicando contra el metal me hipnotizaba igual que la pelota de tenis, hasta que oía la voz de madre para que la ayudara en alguna tarea.

Lo que más me gustaba del mundo era bañarme solo, a primera hora, cuando el agua aún estaba fría y era transparente y clara como el cristal y notaba cómo me aguijoneaba los músculos y era como si todo mi cuerpo se despabilara, como si todo se pusiera en marcha y me despertara por segunda vez. De vez en cuando me zambullía y el mundo se detenía en seco y no existía nada ni nadie y todo era silencio. Veía peces de colores que solo madre conocía y, esparcidas sobre las rocas, conchas y caparazones de erizos marinos ya muertos que eran como barcos naufragados o como los esqueletos prehistóricos que salían en el libro de la escuela. Regresaba a la cala guijarrosa cuando me llegaba el aroma del sofrito, que ya humeaba en la cazuela, con tanta hambre que me dolía la barriga y me rugían las tripas. Me dejaba secar al sol, tumbado sobre una roca que ya parecía haber tomado la forma de mi cuerpo; cerraba los ojos y volvía a ver aquellas manchas rojas, naranjas y granas. Hervíamos los mejillones en una olla ennegrecida y abombada y nos los comíamos de pie, mirando al mar, que siempre desprendía aquellos destellos y aquel vaivén. No decíamos nada, y tan solo oíamos el clinc-clinc de las conchas de los mejillones que iban cayendo en la fuente. Madre echaba el arroz, padre lo probaba y volvía a decir, con el arroz no se juega, y él mismo añadía un puñado de mejillones y un puñado de cigalas. Después de comer, mis padres se echaban una siesta bajo la sombra de los pinos y de las pitas, y yo leía un libro hasta que me adormecía con el son de las olas y los ronquidos de padre. Cuando nos despertábamos, nos parecía que habían pasado muchas horas y nos terminábamos el melón, todavía fresco, y veíamos cómo el sol se iba escondiendo poco a poco, como si le diera pereza o miedo desaparecer tras aquel acantilado que cortaba la respiración.

Entonces, mientras mis padres empezaban a recoger, me volvía a bañar en un mar que ya era distinto: más oscuro, espeso, como adormecido. Y no es que quisiera morirme, pero siempre pensaba que, cuando me llegara la hora, me gustaría morirme bajo aquella agua tan oscura y tan solitaria y tan limpia porque pensaba que no sentiría nada malo, ni me dolería nada, y no sufriría ni gota, sino que me dormiría tranquilo y contento para siempre.

15

Un día de finales de verano, cuando madre ya tenía lista la cena, la señora entró en la cocina como si hubieran prendido fuego a la casa y, sin dar explicación alguna, dijo que se volvían todos para Barcelona. El señor ya se había marchado, pero se ve que no había dicho nada a nadie. Truman y Harpo aparecieron por el *office* meneando la cola, como si también vinieran a decir adiós, y yo los acaricié un buen rato y pensé que los echaría mucho de menos, pues durante aquellos meses me habían seguido a todas partes y me habían hecho mucha compañía. Luego, Paco vino a recoger a las sirvientas filipinas y a la *nurse* y se marcharon todos deprisa y corriendo, ni siquiera me dijo nada del Madrid, que acababa de fichar a un negro que decían que era buenísimo. De golpe y porrazo, solo quedábamos nosotros en el chalé, y madre, que siempre se mordía la lengua, aquel día no se pudo contener y dijo, esta mujer tiene cada arranque, que hay para mandarla a paseo. Lo mejor del caso fue que nos hartamos de jamón ibérico, salmón ahumado, langosta y repostería. Coño, parece que hayamos ido de boda, dijo padre, cuando terminamos, y se le escapó un regüeldo y nos reímos tanto que incluso a madre se le pasó el mal humor.

Aquella noche me volví a tocar pensando en Nelly, porque sabía que no la volvería a ver hasta el próximo verano, pero ya no tuve la sensación de morirme ni pensé si aquello era bueno o malo. Llenas me había contado que él también se tocaba y que, si quería, me podía prestar revistas de mujeres desnudas que escondía en el garaje. A partir de aquel día, me prestaba revistas a menudo y, como tenía miedo de que madre me las encontrara, me las llevaba a la cabaña que teníamos un poco más arriba de la charca de los patos, al otro lado del arroyo.

La señora pasó muchos fines de semana sin venir, estaba en un balneario en el extranjero y contaban que hacía una cura de reposo y de sueño con baños y masajes. Los gemelos y Lolo se quedaron en Barcelona con la *nurse*, aunque me da que cada día se pitorreaban más de ella. Y el señor, cuando venía, se pasaba todo el día en el club de golf y apenas lo veíamos. Cuando la señora regresó, tenía más buena cara, aunque ya no tomaba el sol en la terraza de los geranios ni leía aquellas novelas de misterio, sino que se pasaba todo el día fuera, con las amigas, muy peripuesta y maquillada, como si quisiera parecer más joven o una persona distinta. Luego fue el señor el que se marchó al extranjero.

Un día que padre había ido a por setas, vi que madre hablaba con Lolo en la cocina y que él se tapaba la cara como si llorase. Me quedé en el pasillo, quieto como una estatua, y oí cómo madre le decía que estuviera tranquilo, que todo se arreglaría. Se ve que tenía miedo de que sus padres se separaran, pero no pude oír nada más porque se marchó enseguida, como si se hubiera olido algo. A mí me pareció que las lágrimas eran un poco de cocodrilo, pero cuesta mucho saber cómo se sienten los demás y ya no le di más vueltas, porque le había dicho a Pitu que le acompañaría a herrar el mulo.

A la hora de la cena, madre le contó a padre la conversación que había tenido con Lolo, y yo me hice el desentendido para que no me hicieran ninguna pregunta o me dijeran que siempre tenía la antena conectada. Padre dijo que, de toda la familia, Lolo era el que más valía, y madre dijo que el señor también era buena persona, aunque de un tiempo a esa parte cada vez bebía más y había perdido un poco el oremus. Como madre ya había trabajado de joven, antes de casarse, con los padres de la señora, pues los conocía a todos mucho mejor que padre y siempre repetía que había visto nacer a Lolo y que le quería mucho. Además, como los señores habían perdido a Paula, yo creo que mis padres sentían un poco de lástima por ellos y por eso les aguantaban algunas cosas que había para enfadarse de verdad.

Una tarde, cuando volví de la escuela, vi un coche muy nuevo aparcado en la entrada del chalé y, por unos momentos, pensé que mis padres habían cambiado de coche y querían darme una sorpresa. Pero no era nuestro, era de un señor rechoncho y calvo, con corbata, que hablaba con mis padres en la cocina, de pie. Se ve que era Noguera y cuando me vio entrar cambió enseguida de conversación y después dijo, este debe ser el muchachote ¿verdad?, y continuó hablando con ellos como si yo no estuviera. Mis padres tenían cara de preocupación, porque eso se ve enseguida en los ojos, y me mandaron directo a la habitación a hacer los deberes, aunque no tenía y lo que yo quería era saber de qué estaban hablando. Estuve remoloneando un poco y al final le pregunté a madre si me dejaba ir a casa de Llenas y me dijo que sí, supongo que para sacárseme de encima.

Cogí la bici sin demasiadas ganas y me habría gustado mucho que Truman y Harpo me hubieran seguido. No me apetecía estar solo y enseguida me vino a la cabeza Torrent y estuve a punto de ir a verlo, pero me daba vergüenza y no estaba seguro de cómo me recibiría. Cuando cruzaba por la vereda de la masía, vi a Pitu sentado en un poyete, estaba arreglando una azada y soltó un taco de esos tan largos porque acababa de pillarse los dedos. Me miró y sonrió, como siempre, pero tuve la sensación de que le estorbaba y le dije que iba a casa de Llenas a jugar. No hagáis diabluras, mozuelos, oí que gritaba cuando yo ya estaba montado en la bici. Llenas estaba merendando y su madre me dio una rebanada de pan con vino y azúcar, pero yo no tenía mucho apetito; todavía pensaba en mis padres y en Noguera, y no entendía qué hacía en el chalé si nunca lo había visto allí y solo hablábamos con él por teléfono. Llenas me preguntó si ya había hecho los deberes y yo le dije que no teníamos, pero luego recordé que yo no tenía deberes porque ya había acabado las tareas en clase y a él siempre le quedaba la mitad por hacer, y me supo tan mal que me ofrecí a ayudarle.

A mí me habría gustado quedarnos en el patio de su casa, charlando, como hacíamos otras veces, pues estaba a gusto con él, pero Llenas solo tenía la escopeta de balines en la cabeza y a toda costa quiso que saliéramos a dar una vuelta. Le había dado por matar gorriones y verderones y herrerillos y todos esos pájaros tan pequeños que no hacen ningún mal a nadie. Me daba lo mismo que apuntara a la cabeza de aquellas ratas como conejos que se paseaban por la orilla del arroyo, pero me sabía mal que matara o hiriera a pajarillos porque sí. Cuando oí el ruido de la escopeta, con aquel clic-clac, aún me puse de peor humor y le dije que tenía que marcharme a hacer un recado para madre. Iba tan angustiado y de tan mala uva, que cuando crucé la carretera estuvieron a punto de atropellarme; el hombre, encima, sacó la cabeza por la ventanilla y me dijo de todo. Me pasé por casa de Escudero, porque con él siempre sabías de qué ibas a hablar y no te complicaba nunca la vida, pero no había nadie y empecé a dar vueltas por el pueblo sin saber adónde ir ni qué hacer y, para colmo, se me salió la cadena de la bici y me costó penas y fatigas volverla a poner, porque siempre que me pasaba eso tenía a Llenas a mi vera, que lo arreglaba con los ojos cerrados.

Cuando llegué a casa, el coche de Noguera ya no estaba aparcado en la entrada. Madre pelaba patatas y padre apuntaba algo en una libreta. Los dos tenían la cabeza gacha y no me preguntaron qué había hecho ni de dónde venía a esas horas. Entonces fue cuando supuse que pasaba algo muy gordo.

16

Nelly no volvió a venir. Y yo no me atrevía a preguntar a mis padres si sabían algo de ella. Llegué a pensar que era culpa mía, que me había descubierto mirándole los pechos y que no quería volver nunca más al chalé. Me daba miedo que se supiera todo y me riñesen, y sobre todo me daba mucha vergüenza y todo el día andaba angustiado, con ojos hasta en el cogote. Una noche, desde mi habitación, oí que madre decía que Nelly se entendía con Lolo y que la señora los había pillado y la había despedido sin contemplaciones. Se ve que, en el chalé, se encontraban en la casita de los invitados y, en Barcelona, en un hotel, y aquello hacía meses que duraba. Me dio tanta rabia que me puse a llorar y los maldije a los dos hasta que me quedé dormido, con la cama revuelta y la ropa encima. Me desperté todo sudado y sin saber dónde estaba, pero enseguida me volvió a la cabeza lo que había oído decir a madre y lo único que quería era que todo aquello no fuera otra cosa que una pesadilla.

No sabía qué hacer ni si podía contar toda esa historia de Nelly, me gustaba que fuese mi secreto y al mismo tiempo necesitaba desahogarme. Sabía de sobra que Llenas no era ningún bocazas, aunque me daba vergüenza contárselo; pensaba que a lo mejor se reiría de mí o me diría que estaba como un cencerro. Como no me atrevía a hablar de ello, aunque en el fondo quería hacerlo, hice lo que hacía siempre: hablar de cosas que tenían relación. Le pregunté a Llenas si sabía que en Filipinas hablaban inglés y otro idioma muy raro que se llamaba tagalo, y él me dijo que ese idioma no existía, que me lo estaba inventando todo para tomarle el pelo y me parece que se mosqueó y todo. A veces tenía esas salidas, Llenas, y se habría dejado matar antes que cambiar de opinión. Al final, como no quería discutir con él, me fui a la masía y le dije a Pitu que en el chalé había pasado alguna cosa muy sonada y, apenas se lo había dicho, fue como si me quitara la espina de un zarzal. Pitu no me preguntó nada, solamente meneó la cabeza y me dijo, vente, mozuelo, que te enseñaré los gorrinos de la marrana que acaba de parir, y me llevó a la pocilga y comenzó a hablarme de aquellos cochinillos tan rosados que se agarraban a las tetillas de la madre y se apelotonaban los unos encima de los otros. Me dijo que los cerdos eran los animales más inteligentes de la masía: tenían mucha memoria y no se desorientaban jamás y eran más juguetones y mansos que los cachorros de cualquier otra bestia. Si no fueran tan tragones y paticortos, servirían mejor que un perro, añadió. Entonces cogió a uno y me lo puso en el regazo y lo noté muy calentito y todo el rato me olisqueaba y me miraba con aquellos ojillos de mono tan vivos. Y sin apenas darme cuenta se me pasó la tarde volando y me volví a casa al oscurecer y un poco más tranquilo.

Como mis padres siempre hablaban en la cama, porque a lo mejor se pensaban que yo ya dormía o que no podía oírles, todavía supe más cosas al cabo de unos días: Nelly se había quedado embarazada y los señores la habían mandado al extranjero a abortar para que no les buscase problemas. De hecho, se ve que el que se había ocupado de todo había sido Noguera, que como decía padre siempre movía los hilos de modo que los señores no tuvieran quebraderos de cabeza ni sufrimientos. Por la voz, madre parecía muy afectada y todo el rato repetía que no le cabía en la cabeza las cosas que les pasaban a los señores. Padre no decía nada, solo le oía carraspear de vez en cuando, hasta que al final dijo, dichosos los ricos, Antònia, que todo lo arreglan con dinero. Y ya no hablaron más del asunto.

Yo ya había oído aquella palabra alguna que otra vez, pero la verdad es que no sabía exactamente qué era eso de abortar. Lo busqué en el diccionario, pero tampoco acabé de aclararme. A la mañana siguiente, lo pregunté a algunos compañeros de la escuela y todos tenían alguna idea pero nadie lo sabía del todo. Al único que no le sonaba de nada era a Escudero, pero vaya, creo que lo único que tenía en la sesera era el fútbol, y el resto era como si no le cupiese dentro, por eso supongo que iba tan mal en la escuela y tendría que repetir curso otra vez. Tuve la tentación de preguntárselo a Pitu, pero entonces pensé que quizá menearía la cabeza como la otra vez y me diría aquello que me decía tan a menudo, tú mira a los animales y lo entenderás todo, que ellos no necesitan ir a la escuela ni leer libros. Al final, como todo el día le estaba dando la paliza con el mismo tema, Llenas me dijo que se lo preguntara a Palmada, que repetía octavo y decían que tenía moto y en verano montaba a chicas extranjeras y se las llevaba al pajar de la masía Bou, aunque a mí me extrañaba porque Pitu me lo habría contado. Todo aquello me reconcomía por dentro y no me dejaba vivir, pero no me atrevía a pedírselo a Palmada, le veía muy mayor y siempre se las daba de tragahombres y presumía de que ya se afeitaba. Pero no lo pude evitar y un día, cuando salíamos de la escuela, me acerqué a él y me hice el amigo a ver si así no me daba tanto apuro. Y al final, como ya no sabía ni cómo ponerme, se lo solté de sopetón y él se me quedó mirando con aquellos ojos de ratoncillo, entrecerrados, y se rio como si yo le hubiera contado un chiste. Luego me explicó que llevaban a las mujeres a una sala oscura, las tumbaban en una cama mecánica y allí les abrían la barriga como si despanzurraran a un cerdo y les sacaban el niño cuando todavía no estaba formado y no medía ni medio palmo. Mientras él hablaba como si contara una película de miedo, yo me iba imaginando a Nelly y notaba un nudo en la garganta y creía que me iba a quedar sin aire. Entonces Palmada se paró un momento, como si se hubiera dejado un detalle muy importante, y dijo que al niño se le llamaba feto y que se parecía a los renacuajos que encontrábamos en las balsas al lado de la escuela. Y a mí, quizá porque me faltaba el aire, no se me ocurrió otra cosa que preguntarle que qué hacían con los renacuajos, y él se rascó el cogote y dijo, eso sí que no lo sé, pero creo que los meten en botes con alcohol, como aquellas ranas que tenemos en la clase de Naturales, ¿sabes? Y me arrepentí mil veces de haberle hecho aquella pregunta, pues ahora ya no podría quitarme esa imagen de la cabeza.

17

Decían que habían internado a Lolo en un colegio de Suiza para que se prepara mejor para la carrera y porque en ese país enseñaban muy bien la música y los idiomas y eran muy avanzados en todo. Pero en el fondo todo el mundo sabía que lo habían internado allí para tapar un poco el escándalo y dejar pasar el tiempo. Cada vez que oía hablar de él, me venían a la cabeza Nelly y el renacuajo dentro de un bote con alcohol y, sin darme cuenta, apretaba los dientes y cerraba los puños tan fuerte que se me quedaban sin sangre. Algunos días estaba asustado y no sabía exactamente de qué, a lo mejor me daba miedo que Nelly se muriera o que le hicieran daño, o que ella no quisiera que le abriesen la barriga y le sacaran al hijo a medio hacer. Cuando oía el ruido de los coches en la gravilla, siempre esperaba que Lolo no estuviera ahí, me daba asco verle y pensaba que, si lo tuviera delante, vomitaría. Otros días, los celos me comían por dentro, en vivo, y lloraba de rabia, con unas lágrimas muy calientes y muy gordas, porque sabía que él había acariciado aquellos muslos de níspero de Nelly y la había besado y le había olido los cabellos de coco. Cerraba los ojos y me imaginaba a Nelly desnuda, con aquellos pechos pequeños y redondos y tan bonitos, y Lolo a su lado, que se iba acercando y luego la tocaba, y era como si los dos se rieran de mí y me señalaran con el dedo. Y encima, había oído decir a madre que le quería mucho, a Lolo, porque lo había visto nacer. Me hubiera gustado que fuese él el que no hubiera nacido, que le hubieran metido dentro de un bote, bien tapado, y lo hubieran dejado en un estante hasta que se llenara de polvo y nunca más se acordara nadie de él.

Intentaba no dejarme ver demasiado por el chalé para no cruzarme con los señores ni los gemelos, porque pensaba que todos eran un poco culpables de lo que había pasado. Lo que quiero decir es que pensaba que Nelly era demasiado jovencita para venir a trabajar con nosotros y tendría que haberse quedado en su país, con sus padres, hablando tagalo y lejos, muy lejos, de Lolo y de los gemelos, que siempre le estaban ordenando tonterías y burlándose de ella porque pronunciaba mal algunas palabras. Solo me sabía mal no ver demasiado a Paco, porque aunque fuera del Madrid me caía muy bien y tenía grabado en la memoria cómo se había portado conmigo y con madre aquel día del desmayo. Además, Paco no se enfadaba nunca cuando le tomábamos el pelo con padre, que siempre le chinchaba y le decía que Kubala era mejor que Di Stéfano, que eran jugadores antiguos de su época.

A veces Truman y Harpo me seguían como antes y ya no sufría por si se iban o tardaban en volver; era como si ahora ya nos tuviéramos los tres más confianza. A menudo me llegaba hasta la charca de los patos y me entretenía mirando las libélulas o lanzando piedras y comiéndome la cabeza mientras el agua dibujaba círculos y más círculos, y oía el rumor del arroyo y pensaba que Pitu tenía razón cuando me decía que ese rumor siempre te acompañaba. Alguna vez cogía ranas con un retel, aunque después las soltaba porque me daban pena y me recordaban a las de los botes de cristal. Pitu, cuando me veía con cara larga, enseguida me decía, a ti te pasa algo, mozuelo, y entonces empezaba a contarme dislates para hacerme reír o me llevaba al establo o a los campos y yo me fijaba en aquellas manos tan grandes y bruñidas que tenía, magulladas y duras como piedras, y que meneaba todo el día como si no supiera tenerlas quietas. Si hacía frío se las frotaba o se las soplaba, y aquellos dedos tan gruesos parecían los troncos de un olivo; si hacía sol, se sacaba el pañuelo del bolsillo, le hacía cuatro nudos y se lo plantaba en la cabeza. Yo lo había intentado muchas veces con mi pañuelo, pero nunca me quedaba como a Pitu y ya me había dado por vencido. A veces me preguntaba por qué tenía manos yo, si con ellas no sabía hacer casi nada.

18

A la entrada del pueblo habían abierto una tienda nueva de ropa de deporte y ahora siempre me paraba delante porque en el escaparate tenían un póster gigante con los jugadores del Barça y un maniquí con todo el equipo: camiseta, pantalones cortos, medias y botas, todo nuevo y chillón. Se decía que a lo mejor ficharíamos a Maradona, pero Paco, no sé si para chincharme, también decía que a lo mejor lo ficharía el Madrid. Yo no había visto nunca a nadie que tocara la pelota como él, que parecía que la había embrujado y podía hacer con ella lo que quisiera: acariciarla, adormecerla o hacerla correr como una bala. Lo que quiero decir es que era un poco como si Maradona jugase a una cosa y el resto de jugadores, por muy buenos que fueran, jugasen a otra. Por eso estaba convencido de que, si lo fichábamos, lo ganaríamos todo y nos hartaríamos de ver goles y jugadas de ésas que te ponían la piel de gallina. De vez en cuando, sobre todo cuando ganábamos padeciendo y a última hora, padre decía que un día me llevaría al campo a ver un partido. Me parece que solo lo decía porque estaba muy contento y le hacía mucha ilusión, aunque los dos sabíamos que seguramente no podríamos ir.

A veces los mayores hacían cosas así; no era culpa suya o a lo mejor es que no se daban cuenta.

A Llenas parece que se le había pasado un poco la manía de la escopeta. Ahora casi siempre nos quedábamos sentados en los bancos de la entrada del casino, con una bolsa de pipas, para ver a las chicas que salían de la clase de aeróbic y nos dedicábamos a decir cuáles nos gustaban más y con cuáles nos casaríamos, lo que a veces no coincidía. De vez en cuando íbamos a jugar al futbolín o matábamos el tiempo de cualquier manera: viendo qué hacían los chicos mayores o tocando timbres y pirándonos a la carrera, como si aún fuésemos críos. Algún día nos topábamos con Torrent por los alrededores de la plaza; pero como todavía estaban a matar con Llenas, solo me saludaba a mí y, por la forma como me miraba, me daba la impresión de que quería contarme algo. Cuando lo observaba, a Torrent, me parecía mayor que nosotros, como si fuera un pasito por delante, y eso hacía que me sintiera raro, pero también me empujaba a conocerlo mejor.

Yo no me imaginaba de mayor, pero Llenas siempre hablaba de cuando dejara la escuela y se le notaba que estaba harto de los estudios porque se le atragantaban y ni en broma pensaba ir al instituto. No quiero decir que fuera como Escudero, que, el pobre, no daba para más y cuando la señorita Eulàlia le preguntaba la lección empezaba a sudar y a tartajear, y me hacía sufrir de mala manera. A veces me entraban ganas de preguntarle a la señorita Eulàlia por qué nos tenían a todos allí dentro, encerrados, y haciendo todos lo mismo, como si fuéramos robots o cortados todos por el mismo patrón. ¿Por qué le amargaban la vida a Escudero, en vez de darle una pelota para que se entrenara en el patio hasta que se quedara sin aliento? ¿Por qué no dejaban que

Torrent dibujara todo el día, si estaba clarísimo que se daba buena mano y le hacía feliz? Y Llenas, seguro que de motores y cables sabía mucho más que cualquier maestro, y estoy convencido de que, si se lo hubieran pedido, habría sido capaz de arreglar aquellos radiadores de la clase que siempre se estropeaban. Yo, en cambio, no sé para lo que servía, por más que Llenas siempre me decía que yo tenía muy buena cabeza para los estudios y que llegaría lejos. También me lo decían la señorita Eulàlia y mis padres, cuando traía las notas, y al final me lo llegué medio a creer. Ahora Llenas siempre me decía que quería ser mecánico y empezaba a hacer planes como si ya estuviera en el taller, y yo le escuchaba y dejaba que se recreara y se explayara. Luego me miraba fijamente, como si justo entonces se diera cuenta de que yo estaba allí, y me preguntaba qué quería ser. A lo mejor se pensaba que yo le diría maestro o médico o arquitecto o alguna de esas cosas para las que tienes que estudiar una carrera. Pero yo me lo pensaba un buen rato y al final siempre le decía que no lo sabía, pero que no quería trabajar para los demás, como siempre habían hecho mis padres.

19

Madre decía que fue por no ponerme el gorro y la bufanda, pero yo estoy seguro de que me lo pegaron en la escuela, porque la mitad de la clase tosía y estornudaba y la otra mitad estaba en casa, enferma. El caso es que pillé una gripe de caballo y me tuvieron que llevar al médico y todo, de tanto como me subió la fiebre. Temblaba como una hoja, me dolían todos los huesos y parecía que me habían puesto una piedra de quinientos quilos sobre la cabeza. Por la tarde, cuando la fiebre se disparaba, empezaba a desvariar y tenía unas visiones y unos sueños horrorosos, me daba la impresión de encontrarme en una barca en medio del mar, solo y perdido entre las olas, y a mi alrededor empezaban a aparecer personas y cosas, siempre de dos en dos, que primero flotaban y después se iban hundiendo sin que yo las pudiera ayudar: Nelly y Lolo, padre y madre, Truman y Harpo, Llenas y Torrent, Escudero y Palmada, un bote con un feto y otro con renacuajos... Se ve que hablaba solo y gimoteaba, y después me despertaba empapado, y madre me daba la medicina y sorbos de zumo o de caldo. Luego me ponía unos paños húmedos en la frente y me decía, descansa, hijo, descansa, y yo le oía la voz como si viniera de muy lejos. A veces venía Llenas a traerme las tareas de la escuela, pero yo dormía y tampoco estaba como para hacer los deberes. Y otro día se ve que también vino Torrent a ver cómo me encontraba y cuando madre me lo contó me gustó mucho, a lo mejor porque no me lo esperaba para nada. Lo que más me extrañó fue que en todos aquellos días Pitu no apareciera por casa, por fuerza tenía que echarme en falta a la hora de ordeñar o cuando yo pasaba con la bici por la vereda de la masía, de camino a la escuela.

Me costó mucho recuperarme y me daba la impresión de que las piernas no me sostenían, como si se me hubieran reblandecido y todo mi cuerpo fuera de goma o de plastilina. Cuando me miraba al espejo, me veía la cara blanca y larga, chupada y con unas ojeras de palmo y los ojos como de loco, daba miedo. Adelgacé y perdí el apetito y a veces sentía un vahído y me asustaba mucho, aunque el médico dijo que aquello era normal y que debía comer mucha fruta y beber mucha leche para reponer las fuerzas. Mis padres iban repitiendo que me había estirado, después de la calentura, y madre insistía en que tomara vitaminas y espinacas, que tenían mucho hierro. Estuve a punto de coger la cinta métrica y comprobar si había crecido, pero todo me daba mucha pereza, como si hubiera nacido cansado. A lo mejor sí que los pantalones me iban un poco cortos, pero más que nada notaba como si alguna parte del cuerpo no fuera del todo mía y tuviera que ir acostumbrándome a él poco a poco.

Cuando regresé a la escuela, tuve la sensación de que comenzaba de nuevo y que aquella era otra escuela y no conocía ni a los compañeros ni a los maestros. La señorita Eulàlia también me dijo que me había estirado y me dio trabajo para que me pusiera al día. Durante unas semanas tuve que trabajar duro para atrapar a los demás y Torrent me dijo que me podía prestar sus libretas para avanzar faena y que, si quería, podíamos quedar para que me explicara lo que no entendiese. Al final quedábamos en su casa con la excusa de las mates, pero en el fondo lo hacíamos porque ya empezábamos a ser amigos de verdad.

Cuando nos dieron las notas antes de las vacaciones de Navidad, la señorita Eulàlia y mis padres me felicitaron porque habían sido tan buenas como siempre. Yo estaba contento, pero tampoco nada del otro mundo.

20

Un día, poco después de Carnaval, cuando estábamos desayunando, el padre de Llenas vino a casa, se quitó la gorra y dijo, el gañán de la masía Bou se ha colgado. Madre se puso la mano en el pecho y gritó, virgen santa. Padre no dijo nada, se levantó de la mesa y siguió al padre de Llenas para afuera. Yo lo vi y lo oí todo desde la cocina, como si todavía no me hubiera despertado, en pijama y con el tazón de leche en la mano. De repente, me pareció que todo giraba y giraba, igual que cuando tuve aquella fiebre tan alta, hasta que noté que madre me abrazaba muy fuerte y, más flojito, volvía a decir, virgen santa de los siete dolores. Me imaginé a los muertos y a los colgados de las películas y empecé a temblar y derramé toda la leche, porque una vez había oído decir que a los colgados no se les enterraba en el cementerio sino que se les arrojaba a un hoyo como si fueran una pila de basura. Y también había oído decir que, justo antes de morirse, se meaban y se cagaban encima y los ojos se les hinchaban como los de los sapos, pero yo no quería imaginarme a Pitu de esa manera y sentí un retortijón de tripas y, aún de pie, vomité como si quisiera sacarme de dentro toda aquella negrura que se me quería comer a bocados.

Luego supe que Pitu se había colgado de madrugada, justo después de ordeñar a las vacas, en aquel roble tan grande que había cerca de la charca de los patos. Se ve que iba descalzo y había dejado los zuecos a la entrada del establo. En aquel mismo roble, cuando yo era chico, Pitu me había hecho un columpio con una cuerda gruesa y un viejo tablón envuelto en una manta, para que no me doliera el culo. Estaba convencido de que se había colgado con la misma cuerda con la que me había hecho el columpio y yo me lo imaginaba a él también columpiándose y con aquellos dientes tan torcidos que siempre reían. En vez de preguntarme por qué se había colgado, mi cabeza solo quería saber por qué había ordeñado a las vacas antes de matarse y quién se la bebería, esa leche, y por qué se había quitado los zuecos.

Dicen que empecé a hacer preguntas como éstas a mis padres, todo el rato, sin parar, medio a gritos, pero la verdad es que no lo recuerdo demasiado, porque tenía la sensación de que las cosas iban a cámara lenta, como en aquellos días tan calurosos de verano, y tenía la cabeza embrollada y el estómago dolorido y la boca seca y la lengua áspera, y hasta tenía la sensación de que me costaba moverme. Sí recuerdo a madre diciéndome, tranquilo, hijo, tranquilo, y volviéndome a abrazar muy y muy fuerte, como cuando era chico y tenía miedo de que los ladrones entrasen en el chalé.

Supongo que por eso mis padres no me dejaron ir al entierro, y a menudo les oía decir que se me veía muy afectado y que tardaría en recuperarme. Estaba triste, claro, pero me parecía que no lo estaba lo suficiente y eso me hacía sentir como una mala persona, como un desagradecido, o como si en mi interior, en vez de un alma o de un corazón o lo que fuera, solo tuviera un puñado de serrín. No me acababa de creer lo que había pasado, como si lo hubiera vivido otro en mi lugar o como si me hubieran gastado una broma muy pesada y todavía no la hubiera digerido. Todo el rato pensaba en las vacas que había ordeñado Pitu y en la leche y en los zuecos, y en si tendría los pies sucios cuando se colgó o si se habría meado o cagado encima antes de morirse. Ya sé que eran burradas, pero yo no paraba de darles vueltas y más vueltas, y encima me preocupaba, como si todos esos detalles fueran más importantes que su muerte.

Se ve que la iglesia estaba llena hasta los topes y había mucha gente incluso en la calle, y algunos lloraban y todo. Padre me dijo que todo aquello no le cogía de nuevas pues Pitu era una buena persona, muy trabajador y todo el mundo le apreciaba. Y madre, aunque cuando estaba vivo le daba un poco de repelús, añadió que le echaríamos mucho de menos y me trajo una esquela que creo que no le pegaba nada, porque él siempre renegaba de Dios y de los curas. Me la estuve leyendo de arriba abajo, muchas veces, como si me la quisiera aprender de memoria, y así supe cómo se llamaba Pitu en realidad, pues todo el mundo le llamaba el gañán de la masía Bou, y nunca se me había ocurrido preguntarle cuáles eran sus apellidos. Y ahora, mientras leía el nombre entero y todo lo que decía la esquela, me parecía que hablaban de otra persona, de alguien a quien yo no conocía. Entre lo que leí y lo que me contó madre, también supe que Pitu no tenía familia y que ya era viejo, mucho más viejo de lo que yo pensaba, quizá porque siempre le veía sonriente y hablando de lo que haría, y como no paraba nunca quieto debía parecer más joven.

Al cabo de unos días noté que me costaba mucho pasar por la masía Bou y cuando iba a la escuela o al pueblo pedaleaba muy deprisa, con las manos que se me clavaban en el manillar, para cruzarla enseguida y no echar de menos a Pitu, que siempre me decía adiós con la mano o soltaba un silbido, aunque estuviera en el gallinero o en el huerto. Entonces me di cuenta de que no le vería nunca más y de que morirse no quería decir otra cosa que eso: nunca más. Y sentí una punzada en el pecho y en el estómago, pero no de dolor, como si me hubieran dado un puñetazo o me hubiera picado una avispa, sino una punzada que no dolía ni dejaba moratón pero que se sentía más fuerte y más honda que ninguna otra. A cada trique me miraba aquella navaja que me había regalado y aún me parecía más bonita, aunque no sabía qué hacer con ella porque yo no era tan mañoso como Llenas, y lo único que se me ocurría era llevarla en el bolsillo y tocarla de vez en cuando. Ahora no me hacía falta fingir que estaba triste, porque lo estaba de verdad y lo habría destrozado todo o habría empezado a pedalear hasta quedarme sin piernas. Y todo el rato pensaba que debería haberle dicho a Pitu que me caía muy bien y darle las gracias por ayudarme tanto y por quitarme tantas angustias de la cabeza. Pero tenía la sensación de que siempre llegaba tarde, o que me faltaba valor o que era un bendito. En el fondo, pensaba que amar era la cosa más complicada del mundo y que a lo mejor yo no iba a aprender nunca.

Un día de aquéllos, madre y yo nos encontramos a la abuela de Llenas en el pueblo y nos preguntó si ya sabíamos lo de Pitu. Noté que madre no quería que yo lo oyera y me pasó la mano por el hombro, pero no tuvo tiempo de alejarme porque la abuela de Llenas empezó a cotorrear como si le hubieran puesto pilas nuevas. Contó que los dueños de la masía Bou le querían ingresar en el asilo de los hermanos porque iban a venderla a unos señores de Barcelona, que la querían reformar y hacerse piscina y jardín. Se ve que Pitu preguntó a los señores de Barcelona si se lo querían quedar para cuidar de las tierras o para lo que fuera y ellos le dijeron que no, que ya tenían a su propio servicio. Entonces Pitu pidió trabajo en otras masías de los alrededores, pero todo el mundo se lo sacó de encima: ya era demasiado mayor y renqueaba un poco. Y Pitu le confesó a su amo que en el asilo se moriría, todo el día ahí encerrado, que siempre había trabajado en el campo y con el ganado, de sol a sol, y que no sabía hacer otra cosa. Y al final, como todas las puertas se le cerraban, se ve que dijo, morirme por morirme, prefiero escogerlo yo. Pero nadie le hizo ningún caso, hasta que no vieron los zuecos a la entrada del establo.

21

Resulta que los que habían comprado la masía Bou eran amigos de los señores y cada año venían a la fiesta que organizaban en verano, la de los cohetes y el cóctel, pero yo no les ponía cara. Decían que habían comprado la masía porque les gustaba mucho aquella zona y para poder pasar las vacaciones juntos, con los señores, y luego ir a restaurantes y a jugar al golf y salir en el yate. Paco me dijo que les conocía de Barcelona, porque a menudo iban a cenar a casa de los señores, y que tenían un regimiento de hijos y uno de ellos era albino, que son ésos tan blancos a los que casi no les puede dar el sol porque si no se estropean, como Copito de Nieve pero en persona.

Una mañana que iba al pueblo, vi que las máquinas ya trabajaban en la masía y que habían echado abajo los establos y la pocilga, el gallinero y la era, y también el cobertizo del pajar. Al cabo de unos días volví allí con Llenas para fisgonear un poco, y vimos a un hombre muy bien vestido que iba dando órdenes por todas partes, y yo habría jurado que era el mismo que un día había visto jugando al tenis con el señor. De vez en cuando me paraba a la entrada y aún había días en que me parecía que Pitu iba a salir de cualquier rincón con aquella sonrisilla pícara y sus dientes tan torcidos. A veces todavía me preguntaba por qué había ordeñado a las vacas antes de colgarse y por qué se había quitado los zuecos, y luego pensaba en la leche y en la lechera y me venía a la cabeza su voz cuando me decía, ¿qué, mozuelo, ya están aquí los de can Fanga? No era que quisiera pensar en ello, pero lo pensaba de todas formas.

En el pueblo todo el mundo comentaba lo que le había pasado a Pitu y parecía que les gustaba volver a contarlo y entretenerse en los detalles más feos y más tristes. Algunos se hacían cruces y decían que no entendían cómo había podido colgarse, si siempre se reía y estaba de guasa; otros daban por hecho que estaba enfermo o que alguna cosa muy gorda habría hecho y que con el tiempo se sabría; y otros incluso decían que no había para tanto si los dueños de la masía se la querían vender y mandar al gañán al asilo, que bien que tenían que mirar por sus intereses. A mí todos me daban mucha rabia porque tenía la sensación de que no lo conocían ni por asomo, a Pitu, y solo hablaban por hablar, y cuanto más parloteaban, más mal hacían y más porquería arrojaban. También decían muchas cosas de los nuevos dueños de la masía Bou, que si tenían negocios aquí y allá y muchas influencias y que estaban metidos en política. Y hablaban de aquel hijo tan blanco como si ya lo conociesen y estuvieran hartos de verlo, y se pitorreaban y bromeaban y decían que parecía que lo hubieran enharinado para freírlo o que si te lo encontrabas de noche parecía una lechuza. Todos presumían de saber cuánto habían pagado por la masía, pero todos decían una cantidad distinta y hasta se discutían para ver quién llevaba razón. A mí, todo aquello me daba igual. Lo que más me fastidiaba era que habían cercado la masía con vallas y pronto no podría cruzarla por la vereda, atajando camino, como siempre había hecho para ir a la escuela o al pueblo. Tendría que dar la vuelta por el otro lado y seguro que perdería un buen rato y me pegaría un hartón de pedalear, total para llegar al mismo sitio.

Un domingo, cuando el día se había alargado y ya no sabía qué hacer en casa, Llenas me vino a buscar para asomar las narices por la masía. Vigilamos que nadie nos viera y trepamos por encima de las vallas metálicas, con el corazón que se nos salía por la boca. Luego empezamos a rondar un poco por los alrededores de la casa, que estaba toda cubierta con un andamio y aún parecía más grande que antes, pues habían arreglado la parte donde hacía la vida Pitu. Ya no se oían las ocas ni las gallinas ni las vacas ni nada de nada, se habían llevado a todo el ganado en unos camiones enormes, como jaulas gigantes. Vimos el roble de lejos, como siempre, y yo miré aquellas hojas tan verdes y aquellas ramas tan gruesas, y empecé a preguntarme de cuál de ellas se había podido colgar Pitu. Y justo en ese momento sentí otra vez la punzada ésa en el pecho y en el estómago, quizá aún más fuerte y aún más larga. Estuve a punto de decirle a Llenas que nos marcháramos, que no me encontraba bien, que nos largáramos adonde fuera pero bien lejos de allí. Entonces me di cuenta de que él estaba parado, con los ojos fijos y los labios temblorosos, inmóvil como una roca, y miré hacia donde él miraba y me quedé sin pulso. La charca de los patos no estaba. Parecía que habían zurcido la tierra, porque se veía una mancha de arena grande como un campo de fútbol. Se ve que la habían cubierto con camiones y más camiones de escombros y piedra y arena. Nos dejó a los dos con un palmo de narices, mirándonos como dos papanatas, hasta que Llenas dijo, vaya puta mierda, y le endiñó una patada a un pedrusco. A mí sólo se me pasó por la cabeza preguntarme si también serían capaces de talar el roble, que ahora parecía más alto y más recio que nunca.

22

Sin apenas darme cuenta, empecé a zanganear y a remolonear un poco en la escuela y ya no sacaba tan buenas notas como antes. En clase no hacía más que embobarme y estampar dibujitos en el margen de la libreta y después, en lugar de estudiar y hacer los deberes, callejeaba o me iba a la sala de juegos que habían puesto en los bajos del casino y me distraía con aquel ruido y aquella música de las maquinitas que no te dejaban pensar. Pero muchos días incluso eso me daba pereza y me encerraba en la habitación y me ponía los auriculares a tope para no enterarme de lo que pasaba a mi alrededor. Era como si el mundo fuera por un lado y yo por el otro, y por más que lo quisiera no hubiera manera de encontrarnos. Solo me apetecía tocarme o tumbarme en la cama y no hacer nada de nada. Llenas estaba pasmado, supongo que porque antes siempre le ayudaba con los deberes y ahora todo me importaba un rábano. Lo único que me gustaba era quedar con Torrent para charlar durante horas, aunque entre mis clases de inglés y las suyas de dibujo, no teníamos demasiado tiempo para vernos fuera de clase. Los abuelos, que me lo disculpaban todo, decían que aquello era por culpa del cambio que estaba haciendo y que por eso andaba un poco desorientado y de mala uva. Y madre suponía que todo era por la muerte de Pitu y hasta me perdonaba cuando le replicaba o me hacía el sueco, lo que pasaba muy a menudo. Todo me daba pereza y angustia, y casi todo me estorbaba: los recados de mis padres, ir a la escuela, los exámenes, los señores, los gemelos, Lolo... Padre seguía repitiéndome lo mismo de siempre cuando los martes me dejaba en la academia de inglés y yo quería pero no me atrevía a decirle que ya estaba harto del inglés, porque al menos antes lo podía hablar con Nelly, pero ahora no tenía a nadie con quien practicarlo. Y también le habría dicho que estaba asqueado y avergonzado de aquel coche que íbamos arreglando con chapuzas y que no podíamos cambiar y que, por si fuera poco, enredaba las cintas cuando querías poner música. Cuando madre hizo los buñuelos, como cada año, pensé que sobraría aquella almorzada que siempre venía a buscar Pitu y no quise probar ni uno. Luego pensé que no volvería a oír nunca más aquel ruido destartalado de la Mobylette y me discutí con mis padres porque se empeñaron en que me llevara buñuelos para desayunar. Era como si cada día me tuviera que levantar solo para pelearme con todo y con todos.

Al final la señorita Eulàlia llamó a mis padres a su despacho y les dijo que yo estaba desconocido y que algo debía pasarme. Madre le contó todo lo de Pitu, pero padre no dijo nada, y cuando volvieron de la escuela, me llamó y me dijo que quería hablar conmigo. Me hizo sentar en el sofá, frente a frente, y me dijo que me despabilara de una vez y que hiciera el favor de reaccionar, que la vida era muy dura y a veces nos puteaba, pero que nadie iba a regalarme nada si me quedaba de brazos cruzados. Aunque parezca mentira, no me lo decía abroncándome ni gritando, sino como si me explicara el funcionamiento de una máquina que yo no sabía manejar, pero al cabo de un rato su voz me sonaba como una colmena de abejas y me amodorraba como si oyera caer aquella llu- via tan fina. Entonces vino madre y se sentó a mi lado y se notaba que no sabía ni cómo empezar, pero al final me dijo que aprovechara lo que ellos no habían podido hacer cuando tenían mi edad. Yo asentí con la cabeza, más que nada para que me dejasen tranquilo de una vez y porque madre estaba mustia de veras, aunque no podía imaginarme a mis padres con mi edad, ni a la señorita Eulàlia ni tan siquiera a Pitu. Además, ellos tampoco volverían a tener mi edad y me daba la impresión de que todas aquellas conversaciones y todos aquellos sermones no servían para nada y no tenían ni pies ni cabeza. Ya sé que todos querían ayudarme, pero la verdad es que no atinaban demasiado y quizá habría sido mejor que nadie dijera nada y que dejaran pasar el tiempo, como se hace con un resfriado que te obliga a guardar cama unos días porque no hay otro remedio.

Me fui a mi habitación y me tumbé en la cama como si viniera de andar mil kilómetros. Y pensé que, en el fondo, todos llevaban un poco de razón, pero a mí me sabía mal re- conocerlo y ya me sentía bien con mi tristeza y con mi rabia, y no quería saber nada de nadie. Tenía la sensación de que me pasaba lo mismo que en aquella pesadilla de la calentu- ra y me lo iban arrebatando todo sin que yo pudiera hacer nada: Pitu, Nelly, el tiempo y la confianza de mis padres, la charca de los patos, la vereda de la masía Bou...

23

El señor y la señora habían hecho un poco las paces, lo justo para mantener las apariencias y para que no se fuera todo al garete, aunque cada uno iba a la suya y casi nunca coincidían en el chalé. Lolo regresó de Suiza y todo el mundo fingía que aquí no había pasado nada, como si se hubiera marchado de vacaciones. Cuando me lo encontré un día en la cocina del chalé, cara a cara, no me dio tanta rabia como me pensaba, me pareció mucho mayor y con los mismos ojos tristes que a veces tenía la señora. Me dijo lo de siempre, hola, ¿qué tal?, y continuó para delante como si alguien le hubiera empujado por la espalda. Aunque hiciera mal tiempo, los gemelos ya no me pedían que jugase con ellos y a duras penas les veía ni oía las motos. Hacía tiempo que había tirado la caja de zapatos con los gusanos de seda dentro, y ahora no me acercaba nunca a las moreras junto al garaje para recoger hojas.

Cuando llegó el verano, Paco volvió con el coche lleno de sirvientas filipinas, pero todas eran nuevas y no había ninguna tan jovencita ni tan guapa como Nelly. Padre me dijo que aquel verano tendría que ayudarle con el huerto, pues él iba muy atareado y yo ya era lo bastante mayor como para hacerme cargo de ello, así que cada día me llamaba muy temprano para ir a regar. Al principio me daba mucha pereza y se me pegaban las sábanas, pero al cabo de unos días ya no hacía falta ni que me despertaran y esperaba con gusto aquel frescor de primera hora y aquella agua helada que salía del pozo y me salpicaba los pies y el olor que soltaban las plantas y la tierra mojada del huerto. Mientras veía cómo el agua corría lentamente por los surcos, pensaba en muchas cosas y, aunque parezca un disparate, eso me ayudaba a concentrarme y a aclararme un poco. Al cabo de un rato veía llegar a padre con el desayuno, nos sentábamos bajo la sombra de un cerezo y yo me sentía de maravilla, con un hambre de león, y él siempre me daba las gracias por ayudarle y decía que me había vuelto muy responsable y que se sentía orgulloso de mí.

Por la Asunción de María, los señores hicieron la misma fiesta de siempre, aunque tuve la sensación de que había menos invitados y menos juerga y que todo el mundo estaba más tranquilo que otros años. Incluso sobró bastante cosa y pudimos probar aquellas comidas raras colocadas en bandejas y un poco de cóctel, que no valía nada, se había desbravado y calentado. Era como si todo fuese un poco deslucido o las cosas solo se hiciesen por hacer. Aquella noche me quedé dormido enseguida y ni siquiera oí los cohetes. Padre me había dicho que a la mañana siguiente no hacía falta que fuera al huerto, pero me levanté como siempre para darle una sorpresa y ahorrarle trabajo, y cuando me encontró allí sonrió satisfecho y me dio unas palmaditas en el hombro, como hacía con sus amigos cuando se encontraban en el café del pueblo.

Al cabo de un par de días, me tropecé con Torrent en el casino y me dijo que su perra estaba preñada y que si querría quedarme un cachorro. Me contó que la madre era una pastor alemán, aunque no sabía cómo iban a salir los cachorros porque no conocían al perro que la había preñado. Le invité a un helado, era la manera de darle las gracias, pero en el fondo lo hice porque me apetecía estar un rato más con él. El caso es que acabé contándole cosas que no había contado nunca a nadie y él callaba y lo decía todo con los ojos. Al final se me hizo tarde y Torrent me acompañó hasta el cruce de casa y antes de marcharse me dijo, un día me gustaría mucho dibujarte.

De vuelta a casa iba cavilando cómo me las apañaría para decir a mis padres lo del cachorro; estaba convencido de que iban a ponerme reparos y no me lo dejarían tener. Pero cuando se lo pedí, se miraron y me dijeron enseguida que sí, con la única condición de que yo me ocupara de darle comida y, sobre todo, de que no se escabullera en el huerto ni el jardín del chalé. Creo que fue como una especie de premio por haber ayudado a padre aquel verano con el huerto, y también porque sabían que lo había pasado muy mal con la muerte de Pitu, y me parece que madre incluso sabía que todo lo de Nelly me había sacudido por dentro.

Ahora ya no pensaba casi nunca en Nelly, cuando me tocaba. Su cara se me había borrado un poquito y lo único que recordaba bien era el olor a coco y aquel pezón como una avellana. Ahora pensaba en una prima de Llenas que ya iba al instituto y que había venido a pasar unos días de vacaciones al pueblo. Se llamaba Rosa María y tenía los pechos más grandes que Nelly, era un tanto pecosa y siempre llevaba faldas cortas y camisetas ajustadas, de ésas que enseñan el ombligo, y en la barriga y los muslos tenía como una pelusilla muy fina y muy rubia que me habría gustado tocar con la punta de los dedos. También me habría gustado darle un beso con lengua, porque yo no lo había hecho nunca, y palparle las nalgas y los pechos, invitarla a salir y cogerla de la mano, pero solo de pensarlo me moría de vergüenza y tenía mucha prisa por hacerme mayor.

Llenas se pasaba muchas horas en el taller del pueblo, haciendo de aprendiz de mecánico, y yo le veía contento, todo el día con las manos sucias de grasa y de aceite y removiendo piezas y más piezas. Solo coincidíamos a última hora de la tarde, cuando él acababa el trabajo, y aún de vez en cuando. A veces lo pasaba a buscar y así aprovechábamos para que me arreglara alguna cosa de la bici, porque ya veía venir que eso de tener moto iba para largo. Mientras él trajinaba, la vista se me iba hacia aquellos calendarios de mujeres desnudas y no me explicaba cómo Llenas podía trabajar allí sin volverse loco. Un día se lo pregunté, eso de los calendarios y las chicas, y me dijo, uy, al principio me ponía como una moto, pero ahora ni las veo. Íbamos al pueblo a tomarnos un helado y él solamente hablaba de bujías y bielas y pistones y yo callaba o intentaba cambiar de tema. No es que no fuéramos amigos, pero todo había cambiado un poco sin que yo supiera cómo ni por qué y ahora resulta que me entendía mejor con Torrent, y eso que antes no le podía ni ver y le consideraba un creído y un liante.

24

Una mañana, cuando ya habíamos comenzado de nuevo la escuela, Torrent me vino a buscar para decirme que su perra ya había tenido a los cachorros, pero no los pudimos ir a ver hasta al cabo de quince días porque se ve que la madre había sufrido mucho durante el parto. Vivía en las afueras, en la parte del mar, y los dos pedaleábamos fuerte porque rabiábamos por ver a los cachorros. Supongo que cada casa debe tener su olor, como las personas, y la de Torrent olía a torta caliente y me recordaba mucho a la de mis abuelos, a lo mejor por eso me sentí a gusto enseguida. Tenían a los cachorros en el garaje y, antes de entrar, ya los oímos gimotear y rascar la puerta. Conté siete, todos achaparrados, color miel y con el pelo erizado y unas orejas que parecían de trapo. La madre nos miraba con ojos tristes y los cachorros se movían a tientas, como si todavía no supieran andar, y todo el rato le buscaban las tetas, como los cochinillos de la masía. Torrent me dijo que escogiera uno y que, al cabo de seis o siete semanas, ya podría venir a buscarlo. Como los veía a todos iguales, no sabía a cuál quedarme, hasta que vi uno que tenía una mancha en el lomo, una mancha que, según cómo la mirabas, podía parecer distintas cosas. Torrent lo cogió por el pescuezo, a lo bruto, y lo miró por debajo. Es macho, me dijo, y me lo dio: era mullido y suave, con unas garras y unos dientecillos como alfileres, y me lamió toda la cara mientras iba soltando unos gemidos pequeños, y noté que el aliento le olía a dulce, como aquellos caramelos de café con leche. Nos quedamos un rato más jugando con los cachorros, hasta que Torrent me dijo, ven, que te quiero enseñar una cosa, y me cogió de la mano para que le siguiera. Me pareció raro que me cogiera de la mano, pero no dije nada porque me gustó y me disgustó al mismo tiempo, y sin pensármelo demasiado le seguí por una puerta y un pasillo bastante largo. Me llevó a su habitación y abrió una carpeta llena de dibujos hasta los topes y los fue esparciendo por la mesa, por la cama y por el suelo. Entonces me fijé en que en las paredes también había dibujos, algunos incluso enmarcados, y me contó que estaban pintados con acuarelas, óleo y pastel. Algunos los hacía con carboncillo o tinta china, con un plumín finísimo, como una brizna de hierba, y cada detalle bien perfilado, como si mirases las cosas con una lupa. Había uno precioso, de una cala, justo al lado de donde siempre íbamos con mis padres: se veían los pinos a ras del agua y la sombra reflejada en el mar, que soltaba aquellas chiribitas, y las rocas parecían vivas, como si tuvieran piel o fueran animales prehistóricos. Me quedé embobado mirando aquel dibujo, como si pudiera entrar dentro de él y pasearme y notar el salobre del mar y aquel olor de los pinos y los hinojos y tocar el agua con los dedos bajo la sombra de las pitas. Y de repente, oí a Torrent que me decía, si lo quieres, te lo regalo, así tendrás un recuerdo mío.

De vuelta para casa iba pensando qué nombre le pondría a mi perro, pero ninguno de los que se me ocurría me gustaba ni por asomo. Me paré en la masía Bou y mientras aguaitaba desde el otro lado de las vallas pensé que a lo mejor ni Pitu la habría reconocido. Habían construido una rocalla con piedras que parecían traídas de otro planeta, de tan grandes y raras como eran, y que tapaban toda la parte del huerto y también la vereda que me servía de atajo. Ya no se veían trastos ni herramientas por ningún lado, todo estaba limpio y ordenado, como hecho con regla, con el bosquecillo de encinas bien desbrozado, con bancos y jardineras aquí y allá, y una gran portalada con faroles y rejas. En el pueblo hacía meses que decían que los nuevos dueños estaban a punto de estrenar la masía y que harían una fiesta para celebrarlo, pero aún se veía la piscina por acabar y un trozo de jardín a medio hacer. Allí donde había habido la charca de los patos, habían plantado césped y habían colocado una glorieta en medio con plantas trepadoras y flores de todos los colores. El roble parecía fuera de lugar, como si fuera artificial. Si te fijabas bien, todo era bonito pero muy triste, como un cementerio. Ahora ya me había acostumbrado a pasar por el otro camino y ya no esperaba oír la voz ni los silbidos de Pitu.

Cuando llegué a casa colgué el dibujo de Torrent en mi habitación y lo estuve mirando mucho rato, tumbado en la cama. Y pensé que a veces las cosas eran aún más bonitas si las podías contar o pintar, pero tampoco estaba del todo seguro. Y pensé también que, según cómo, las cosas pasaban muy deprisa o muy despacio, y que muchas veces parecía que las mirásemos de lejos porque cuanto más cerca las teníamos menos las veíamos. Era un lío y ni yo mismo sabía muy bien lo que me decía, pero fue justo en ese momento cuando se me ocurrió el nombre de mi perro.

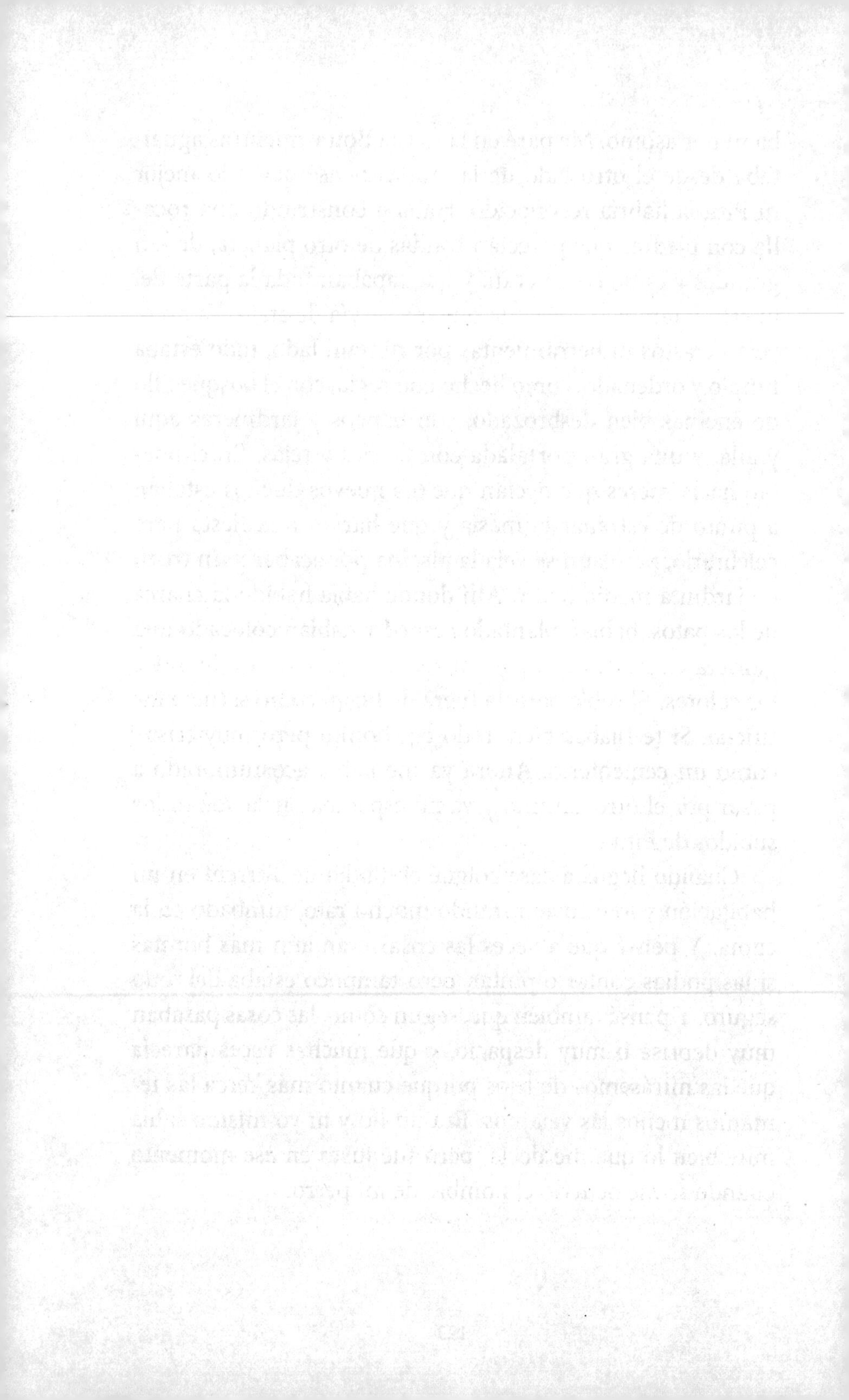

25

Escudero no había pasado de curso, pero eso ya se veía venir a la legua, y Llenas había aprobado por los pelos, después de recuperar la mitad de las asignaturas en septiembre. Aquel verano sus padres le habían mandado cada mañana a repaso y él estaba que trinaba porque no había podido pasar tantas horas en el taller. Como era el último curso en la escuela del pueblo, ahora la señorita Eulàlia nos estaba mucho encima y todo el día nos decía que, si queríamos seguir estudiando, teníamos que sacar buenas notas y trabajar duro y siempre nos hablaba del día de mañana y de ser personas de provecho. Ella nos daba todas las asignaturas de letras y también dibujo, y el director, el señor Anglada, las de ciencias y gimnasia, aunque lo único que hacíamos era jugar como si fuera la hora del patio y el chándal solo lo llevábamos de adorno. Cuando quedábamos con Llenas, le veía tan agobiado con los estudios que siempre procuraba echarle una mano y animarle un poco. Pero en vez de quedarse en casa estudiando o haciendo los deberes, le faltaba tiempo para irse al taller a entretenerse con los motores y aquello era como machacar en hierro frío, como decía madre. A Torrent y a mí, en cambio, nos hacía mucha ilusión ir al instituto y todo el día estábamos hablando de ello y haciendo planes y, sobre todo, rabiábamos porque nos pusieran en la misma clase. Incluso alguna tarde esperábamos a que llegara el autobús del instituto para que los mayores nos contaran cómo les iba y cómo eran allí las cosas.

Los estudios me tenían tan ocupado que apenas sabía qué pasaba en el chalé. Era como si hubieran puesto una frontera entre nuestra casa y la casa de los señores y ahora fuésemos dos países distintos, y sus habitantes no se entendieran para nada porque hablaban lenguas diferentes y, además, tenían otras costumbres y otros quebraderos de cabeza. Cuanto menos iba al otro país, menos ganas tenía de ir. De vez en cuando, sobre todo cuando escuchábamos el fútbol en la radio, me acordaba de Paco y le decía a padre que le diera recuerdos. La verdad es que tampoco habría podido tomarle mucho el pelo, pues nosotros estábamos haciendo una temporada de pena y los jugadores parecían cansados y sin alma. Padre siempre echaba la culpa al secuestro de Quini, porque decía que sus compañeros habían quedado tan tocados que no se recuperarían jamás. Pero yo pensaba que aquello solo se podría arreglar si al final fichábamos a Maradona.

Llamp[2] me esperaba cada día en la puerta de casa. Se tumbaba en el suelo, boca arriba, para que le rascara debajo de las costillas y le hiciera mimos, como si todo el día hubiera estado esperando ese pequeño premio. Y cada día, tanto si yo llegaba contento como triste o enfadado, él me recibía de la misma forma: con brincos de alegría y meneando el rabo como un ventilador, y nunca me pedía explicaciones ni me

---

2 Llamp, en catalán, significa rayo (N.T.)

reprochaba nada. Eso era una de las cosas que más me gustaba de tener un perro, y también que cuando estaba harto de libros y trabajos, o sentía alguna angustia, me iba a dar una vuelta con él para distraerme y le lanzaba un palo bien lejos, como si de esta forma lanzara también todo lo que me fastidiaba.

Al final el coche dijo basta y un martes, cuando estábamos a punto de irnos a la academia de inglés, ya no se quiso poner en marcha. Padre lo intentó de todas las formas posibles, abrió el capó, comprobó la batería y revisó todas las piezas del motor, pero el coche se había escacharrado y el único consuelo que le quedó fue soltar tacos hasta que vino madre y le dijo, déjalo ya, Mateu, que no hay nada que hacer. Me parece que fue la única clase de inglés que me perdí desde que iba a la academia.

Al cabo de poco, nos compramos un coche de segunda mano en el taller donde Llenas estaba de aprendiz. Como padre conocía a todo el mundo y todo el mundo le apreciaba, creo que consiguió que se lo dejasen a muy buen precio y el dueño del taller le dijo que, si no podía pagarlo de golpe, lo fuera pagando a plazos. A padre se le veía muy feliz con el coche nuevo, no se ahogaba en las subidas ni perdía aceite todo el rato ni hacía falta calzarlo con piedras cuando aparcábamos en una calle con pendiente. A mí me gustaba porque corría más que el otro y era más ancho y más cómodo, y también porque no enredaba las cintas y podía escuchar la música que me prestaba Torrent mientras esperaba a que mis padres comprasen o hicieran algún recado. Madre decía que el coche era verde oliva y padre que era verde lagarto, y a mí me hacía mucha gracia, pues mis padres congeniaban mucho y siempre se acababan poniendo de acuerdo, menos en el color de las cosas.

Cuando fuimos a buscar el coche, Llenas me dijo, bien alto para que lo oyeran mis padres, que habíamos hecho una buena compra y que él mismo había repasado el motor y había aspirado los asientos y limpiado el coche por dentro y por fuera, a conciencia. Luego me pilló a mí solo y en voz muy baja me dijo que, a escondidas del dueño, nos había cambiado el carburador para que funcionara como una seda. Era un buen chaval, Llenas, pero ya no podía decir que fuera mi mejor amigo.

26

Torrent y yo nos prestábamos muchos libros y tebeos, también un montón de cintas. Nos encontrábamos casi cada día, después de la escuela, y nos pasábamos el rato comentando lo que habíamos leído y escuchando aquella música una y otra vez, hasta que nos aprendíamos las canciones de memoria y entonces las cantábamos todo el santo día. Como sabía que yo iba a clases de inglés, Torrent siempre me pedía que le tradujese las letras y yo, como había muchas cosas que no entendía, siempre me inventaba alguna parte. Él me miraba con la frente arrugada y me decía, ¿seguro que dice eso? Y yo le decía que sí, que segurísimo, pero a veces se me escapaba la risa y él fingía que se enfadaba y que me daba un puñetazo. Luego nos hacíamos cosquillas o fingíamos luchar y siempre acabábamos rodando por el suelo y muertos de risa.

De vez en cuando me enseñaba sus dibujos nuevos y yo estaba convencido de que algún día sería un pintor famoso; pero él decía que muchas veces los mejores no eran demasiado famosos, o que se volvían famosos muchos años después, cuando ya estaban bien muertos y enterrados. También quedábamos para hacer trabajos o para estudiar, sobre todo cuando teníamos algún examen más peliagudo, y siempre teníamos la sensación de que donde no llegaba uno llegaba el otro. A veces, cuando nos aburríamos de estar en casa, íbamos a dar una vuelta por el pueblo, aunque nunca hacíamos las mismas cosas que hacíamos con Llenas. Quiero decir que era como si yo fuese una persona cuando estaba con Llenas y otra cuando estaba con Torrent.

Un sábado por la mañana quedamos para ir a pasear juntos a Llamp, que aún tenía muchas ganas de jugar y si no le cansaba un poco no había quien le aguantase en casa. De hecho, el día antes había roído un par de medias de madre, que me había reñido a mí en vez de reñir al perro y me había reprochado que no me ocupaba lo bastante de él. Torrent vino en bici hasta casa y después tomamos el sendero que pasaba junto al arroyo, justo por encima de la masía Bou, que ahora apenas se veía porque habían plantado unos cipreses muy tupidos que lo escondían todo. Al final del sendero había un claro que parecía hecho con compás, todo rodeado de chopos muy y muy altos, y con unas rocas largas y llanas a las que Pitu llamaba lastras, y donde siempre nos parábamos cuando le acompañaba a por cañas para las tomateras. Me gustaba mucho aquel sitio porque no lo conocía demasiada gente y las matas de helecho y las espadañas formaban como una especie de selva en miniatura y a menudo la sobrevolaban libélulas y mariposas de muchos colores. Siempre era un lugar quieto y solitario y fresco y solo se oía aquel rumor del arroyo que decía Pitu y el crujir de las cañas cuando soplaba el viento. De chico, mis padres me llevaban allí a merendar y a jugar y a lo mejor también era por eso que me atraía tanto y me sentía tan a gusto. Quiero decir que muchas veces no sabemos por qué algunas cosas o personas o lugares nos gustan tanto o quizá es que no hace ninguna falta que busquemos la razón. Me hacía mucha ilusión ir allí con Llamp y sobre todo poderle enseñar algunos de aquellos rincones a Torrent. Madre, además, me había dado un pedazo del bizcocho que había preparado para los señores y me había dejado coger dos limonadas de la nevera. Torrent no decía nada, pero solo por la forma como lo miraba todo ya supe que aquel lugar le encantaba. Nos sentamos sobre las rocas para desayunar y empezamos a charlar de lo de siempre: del curso y de cómo nos imaginábamos el instituto, mientras Llamp corría arriba y abajo, olfateando y entrando y saliendo del arroyo. Cuando estábamos a punto de acabarnos el bizcocho oímos un ruido de motos, todavía a lo lejos, y yo até a Llamp con la correa y le acaricié porque le daban mucho miedo y siempre se ponía nervioso. Al poco rato vi aparecer a los gemelos con sus amigos sentados en la parte trasera del sillín. No sé por qué me enfadé tanto, les habría estrangulado o me habría gustado volverme invisible y huir con Torrent y Llamp. Por añadidura, se pararon allí, con las motos en marcha, dando gas todo el rato, y empezaron a hacer preguntas y comentarios de esos tan tontos que siempre hacían. Y Torrent me iba mirando como si me pidiera alguna explicación y a mí se me iban hinchando las narices y solo quería que se dieran el bote de una vez. Debieron ver mi cara de asco, pues dieron gas y levantaron y giraron las ruedas de las motos como si quisieran hacer una exhibición y se marcharon. Llamp, con tanto ruido y follón, se alteró, dio un tirón y se me escabulló de las manos. Huyó por el sendero y se les cruzó por delante. Los gemelos frenaron, pero aquel suelo era muy arenoso y las dos motos resbalaron, la una detrás de la otra. Torrent y yo corrimos hasta allí para ver si se habían lastimado. Los cuatro estaban en el suelo, llenos de arena y rasguños, y una moto había caído encima de uno de los que iba detrás. Se levantaron todos enseguida, menos el que se había hecho más daño, como si les diera vergüenza haberse caído. Antes de dar media vuelta y marcharse, oí que uno de los gemelos gritaba, chucho de mierda, se os va a caer el pelo.

Cuando regresé a casa, madre me llamó a la cocina del chalé y me contó que el amigo de los gemelos se había roto el brazo y que se lo habían tenido que escayolar. Padre me dijo que me sentara, como siempre que me quería preguntar algo importante, y me pidió que les explicara al pie de la letra lo que había pasado. Se ve que los gemelos habían ido a la cocina hechos una furia y me habían dejado como un trapo sucio. Me sabía mal de verdad, pero pensaba que ellos también habían hecho el tonto con las motos y habían asustado a Llamp. Cuando hube terminado toda la explicación, padre dijo, ya es mala leche, y pensé que ya podíamos dar el tema por zanjado. Pero mis padres se miraron de aquella forma que quería decir que ellos dos ya habían hablado antes y tenían aún alguna cosa que decirme. Entonces madre me dijo que por la tarde tendría que ir al encuentro de los gemelos y la señora, y pedirles perdón por lo que había pasado. En aquel momento pensé que antes de hacer aquello me dejaría cortar un brazo y, automáticamente, dije que ni hablar y que yo no había hecho nada malo. Pero no tuve más remedio que tragarme el orgullo y la rabia y todo lo que me hervía por dentro y hacerlo, como tantas otras veces habían tenido que hacerlo mis padres.

27

Se ve que Noguera hacía siglos que engañaba al señor y le había estado chupando el dinero poco a poco, como una sanguijuela. Contrataba empresas y faenas desde el despacho, a nombre del señor, y luego él, Noguera, se quedaba una comisión. Lo había hecho, por ejemplo, con aquella empresa extranjera que colocó el papel como de terciopelo y cada verano se embolsaba un buen pico gracias a las empresas que contrataba para montar la fiestaza de la Asunción de María: los camareros y cocineros, los músicos, los que colocaban las luces y armaban las tarimas, los que traían la comida y la bebida... y todo el resto que venía de fuera. Y por la misma razón había mandado también a aquellos albañiles de Barcelona a arreglar los desastres de la lluvia y se habían entretenido tantas semanas en el trabajo. Fue precisamente aquello lo que lo había destapado todo, pues al final resulta que padre sí llamó al señor, a escondidas de madre, claro, y le enteró de todo lo que le rondaba por la cabeza. Primero el señor no se lo podía o no se lo quería creer, pero poco a poco fue atando cabos y le dijo a padre que sobre todo no dijera nada a nadie porque mandaría vigilar a

Noguera. Así, de rebote, se le descubrieron otras artimañas: estaba a punto de hacer un desfalco como una casa, porque últimamente manejaba el dinero de la empresa como si fuera suyo. Cuando el señor tuvo todas las pruebas que necesitaba, lo despidió y lo denunció y hubo un descalabro muy gordo, pues Noguera se ve que le amenazó y todo, al señor, y tuvo que venir la policía y llevárselo como si fuera un gánster de ésos de las películas. Padre contaba todo eso cada dos por tres, con pelos y señales, muy ufano, y repetía mil veces que el señor le había dicho, Mateu, usted sí que es una persona como es debido y nunca se lo podré agradecer lo bastante.

Bien mirado, el señor sí se lo agradeció a padre. Mandó a Paco expresamente de Barcelona con una cesta. Yo me la encontré en la mesa del comedor, aún sin abrir, porque mis padres esperaron a que volviera de la escuela para hacerlo todos juntos. La destapamos como si levantásemos la manta del tió[3] y luego íbamos sacando las cosas una por una: había un jamón de ésos tan caros que volvía locos a mis padres, y vinos y licores de marca, galletas en una caja metálica y bombones, también había un perfume y un pañuelo de seda para madre, y una colonia y una billetera de piel para padre, y para mí, una cazadora y un cubo de ésos de colores, el original, el auténtico, no aquél de baratillo que vendían en el mercado y que al cabo de cuatro días ya no tenía ningún color y solo chirriaba. Incluso pusieron una correa y un collar para Llamp, que se había vuelto más obediente y no me dejaba ni a sol ni a sombra. En el fondo de la cesta, aún encontramos un sobre con dinero y una nota de agradecimiento de los señores.

---

3 Tradición navideña catalana que consiste en un tronco mágico que «caga» regalos a los niños (N.T.)

No sé si el señor subió el sueldo a mis padres, porque ellos nunca me hablaban de esas cosas, pero yo creo que debería haberlo hecho. Y no solo para agradecerles lo de Noguera, sino por todos los años que mis padres se habían ocupado del huerto y el jardín y la piscina y el chalé entero, y les habían abierto la cama y encendido la chimenea y lavado y planchado la ropa de sus hijos y por haber limpiado la plata, que a madre le dejaba las manos manchadas, y por haber ido a echar un vistazo al yate en plena tormenta, y por haber llorado a Paula y haber aguantado los antojos y los arranques de la señora, y por fingir que el señor no iba borracho y que los gemelos y Lolo eran educados, y también por ir al mercado a buscar las mejores gambas y cigalas y sacarles los ojos, y por cocinar aquel arroz tan bueno que solo madre sabía hacer, y siempre con una sonrisa en los labios y siempre diciendo, sí, señor, y sí, señora.

28

Llamp había crecido mucho y daba gusto verlo, con aquellas patazas y aquellas orejas tiesas como un zorro. El pelo se le había oscurecido y ahora lo tenía color bellota, y todavía se le veía más aquella mancha blanquecina en el lomo. Cuando alguien me preguntaba cómo se llamaba y yo le respondía que Llamp, por eso de la mancha, todos decían que sí, que parecía exactamente un rayo, aunque la mancha también se parecía a otras cosas y con el tiempo iba cambiando. Padre se lo llevaba con él al bosque, a por leña o a buscar espárragos, y madre siempre le guardaba huesos o los restos del pescado, que le volvían loco. Fingían que no, pero los dos le tenían mucho cariño y les hacía mucha compañía. Lo sé porque un día nos dejamos el portal abierto y Llamp se escapó, y a padre le faltó tiempo para coger el coche y salir a buscarlo por los alrededores. Al final lo encontramos en el camino hacia el pueblo, pasada la casa de Llenas, en medio de un campo de alfalfa, y tan pronto como nos vio se subió al coche y nos dio lametones a los dos. Madre ya nos esperaba en la entrada de casa y cuando nos vio llegar dijo, gracias a Dios. A mí me seguía a todas partes y nunca se me escapaba, era como mi sombra, pues ya se le había pasado aquella manía de las motos, aunque siempre me daba miedo que se fuera para la carretera y lo atropellaran, como le había pasado a uno de los perros de caza de mi abuelo. Me gustaba mucho cuando salíamos con la bici, en las pendientes yo pedaleaba a tope y él me quería seguir fuera como fuera, y corría como una flecha, con el pelo alborotado por el viento y los ojos llorosos, y yo pensaba que era una preciosidad. Cuando hacía los deberes o estudiaba, se echaba a mis pies y me miraba de vez en cuando, y me gustaba saber que estaba allí. Un día le llevé a casa de Torrent, nos hacía gracia que volviera a ver a su madre, pero solo la olisqueó y no hizo nada que no hiciera con cualquier otra perra. No sé exactamente qué esperábamos que hiciera, pero Torrent y yo nos quedamos un poco desinflados y a mí me vino a la cabeza lo que decía Pitu, los animales no se complican la vida, mozuelo, eso ya lo hacemos las personas.

A principios de verano mis padres tuvieron que cambiar el día de fiesta. A la señora le iba mejor salir con el yate los miércoles, porque ahora iban a menudo con sus amigos de la masía Bou, que mientras les terminaban las obras estaban de alquiler en otro chalé. Uno de esos días vi a su hijo albino. Tenía la piel toda rosada y manchada, y como el pelo era blanco como la nieve, parecía que no tuviera pestañas ni cejas, y los ojos le brillaban como los de una jineta y, para protegerse del sol, iba muy tapado. Me pareció ver a un fantasma, pero no se lo conté a nadie, porque a la gente le falta tiempo para exagerarlo todo y reírse de los demás.

Aunque hubiéramos cambiado el día de fiesta, me gustó mucho que continuásemos haciendo lo mismo de siempre: desayunar en el patio, recoger el roscón y el periódico, bajar hasta nuestra cala por aquel atajo medio perdido… Un día nos llevamos a Llamp, pero se mareó en el coche y después se pasó todo el rato ladrando a las gaviotas y yendo arriba y abajo, inquieto, y ya no nos lo llevamos más.

Muchas veces le preguntaba a Torrent si quería venir con nosotros, y lo recogíamos a la salida del pueblo, cerca de su casa, pues nos cogía de camino. Me gustaba verlo de lejos, sonriente y saludándonos con la mano, y cuando se subía al coche queríamos contarnos tantas cosas que nos atragantábamos con las palabras. Me parece que Torrent también caía muy bien a mis padres, porque siempre decían que era muy educado y que era una buena compañía, pues sacaba muy buenas notas en la escuela. Yo creo que Torrent tenía aquel don al que padre llamaba el saber estar, y que le venía del hecho de mirarse las cosas y las personas como si siempre estuviera pensando en cómo iba a dibujarlas.

Cuando llegábamos a la cala íbamos derechos al agua y nos lanzábamos de golpe, como si el mar fuera a recular o a secarse de repente. Luego nadábamos juntos, mar adentro, lejos, hasta que la vista se ensanchaba y veíamos las playas vecinas y los chalés que cada vez se comían un pedazo más de montaña. O trepábamos por las rocas y después nos tirábamos de cabeza chillando como locos y hacíamos un poco el tonto en el agua, salpicándonos y hundiéndonos el uno al otro. Después de bañarnos, nos tumbábamos al sol, agotados, y charlábamos mucho rato y siempre hacíamos planes que muchas veces no se cumplían, aunque nos daba igual. Luego yo leía y él dibujaba en un bloc. De vez en cuando nuestras pieles se tocaban, apenas un roce. Y nos mirábamos. Y era muy raro, porque Torrent me gustaba y creo que yo le gustaba a él. No puedo decir que me gustara como Nelly o la prima de Llenas o las chicas de los calendarios y las revistas, pero también me gustaba. Le miraba el cuerpo y no quería mirárselo. Y me pasaba un poco como cuando empecé a tocarme, que me gustaba mucho pero no sabía si aquello era bueno o malo, y esa angustia me hacía sufrir y me aturullaba. Más de una vez me había rondado por la cabeza preguntarle si a él le pasaba lo mismo, pero siempre me detenía en el último momento, con la pregunta en la punta de la lengua. En el fondo yo creía que era como preguntarle si había cogido el reloj de la sala de juegos, pues ahora ya estaba convencido de que él no tenía nada que ver con aquel asunto. Solamente me pasaba con él, y cuando sentía eso siempre pensaba que me habría gustado mucho que Torrent hubiera conocido bien a Pitu y le hubiera hecho un dibujo de la charca de los patos o de una abubilla, que Pitu siempre decía que era el pájaro más bonito del mundo precisamente porque no sabía que lo era.

29

En el pueblo se equivocaron de unos cuantos días, pero al final de aquel verano los nuevos dueños se fueron a vivir a la masía Bou. Y organizaron una gran fiesta, que una semana antes ya se comentaba en todas partes porque solo se veían pasar camionetas y coches hacia la masía. Los señores, los gemelos y Lolo también estaban invitados, claro, y la señora preguntó a mis padres si querían ir a ayudar al servicio de la masía aquella noche, que les iban a pagar muy bien. Mis padres lo hablaron y al final decidieron que sí, pues aquel dinero les vendría de perlas para acabar de pagar el coche. Me parece que por primera vez en una noche de verano el chalé se quedó vacío, porque las sirvientas filipinas también se fueron a trabajar a la fiesta de la masía y Paco había llevado a la *nurse* a Barcelona por unos papeles que tenía que firmar cada año. Ya sé que tenía a Llamp a mi lado, pero le pregunté a madre si Torrent podía venir a cenar y a dormir para hacerme compañía, pues sabía que todos regresarían tardísimo de la fiesta.

Madre nos dejó una barra de helado en el congelador y nosotros nos preparamos unos bocadillos y cenamos en el patio de casa, notando aquel frescor de las baldosas en las plantas de los pies. Yo sentía una especie de euforia y libertad, como si me hubiera hecho mayor de golpe y ya pudiera decidir y escoger todo lo que quería. Después de cenar nos tumbamos en el suelo, sobre una toalla, y apagamos todas las luces para poder ver el cielo y las estrellas, y parecía en verdad que podíamos tocarlas y quizá por eso no nos hacía falta hablar y nos quedamos así mucho rato. Solo oíamos nuestra respiración y los grillos y el aliento de la brisa en las ramas. Pero entonces empezamos a oír la música de la masía Bou y como no nos gustaba nada, fui a poner una de las cintas que había traído Torrent y subí el volumen tanto como quise. Nos pusimos a cantar a grito pelado, haciendo gallos y meándonos de risa, y Torrent incluso se levantó y empezó a bailar haciendo burradas, hasta que vimos unas luces en el cielo y enseguida oímos los petardos y los cohetes. Cada vez que explotaba uno, Llamp agachaba las orejas y se escondía, con el rabo entre las patas, le daban pánico y temblaba entero. Al final, se acurrucó a nuestro lado y nosotros le acariciamos y le dijimos cosas al oído, muy flojito, hasta que se calmó un poco. Entonces oí a Torrent que, también muy flojito, me decía, ¿nos bañamos en la piscina?

Estaba tan oscuro que apenas veíamos por dónde pisábamos y andábamos en silencio y a tientas, como si fuéramos ciegos y mudos. Para parecer más mayor o simplemente porque me apetecía, me quité el bañador y me metí desnudo en la piscina. Y Torrent me imitó y entró tras de mí. Lo hacíamos todo sin prisa, con mucho esmero, como si alguna cosa se pudiera romper, muy concentrados, sin decir ni una palabra. Lo único que oíamos era el gluglú del agua mientras nadábamos y me imaginé que quizá la fiesta ya estaba a punto de terminarse. Pero no sufría nada por si alguien volvía al chalé y me parecía raro incluso a mí mismo, que siempre sufría por todo. El agua parecía aceite, tibia y espesa, y me daba la impresión de que flotábamos sin ningún esfuerzo. Salimos de la piscina con la misma parsimonia y nos estuvimos un rato de pie, los dos desnudos en plena noche, como si tomáramos las estrellas y la luna en vez de tomar el sol. Sentía las gotas de agua escurrirse por la piel, lentas y traviesas, brillantes como luciérnagas. Y sé que los dos mirábamos el cuerpo del otro, pero no dijimos nada, y era un silencio largo y bonito, como el que sentía en el mar, bajo el agua, cuando todo se detenía. Y de repente, como si nos hubiéramos hecho una señal, nos pusimos de nuevo el bañador y entonces empezamos a charlar y a reír. Mientras regresábamos a casa, con los cabellos empapados y aquel frescor en la piel, oí que Torrent decía, gracias, y sonreí en la oscuridad.

30

Aquel miércoles Torrent no pudo venir con nosotros a la cala porque no se encontraba bien de la tripa. Me supo mal y pensé que le echaría mucho de menos y me aburriría, solamente con mis padres. Pero a lo mejor mis padres pensaron lo mismo que yo porque, así que llegamos, padre me propuso ir a por un pulpo para añadirlo al arroz.

Fuimos un poco más allá de la cala, cerca de una cueva de piedra negruzca donde el agua parecía roncar. Mientras hurgábamos por las grietas de las rocas, vimos cómo se acercaba una barca a lo lejos. La niebla iba subiendo, cada vez más espesa, era un día sofocante, y todo parecía un poco irreal y extraño. Enseguida reconocí aquel morro puntiagudo y me imaginé el nombre: *Victoria*. Ni padre ni yo dijimos nada y nos concentramos en el pulpo que habíamos descubierto y que se agarraba como un desesperado a todas partes. Supuse que, como tantas otras barcas, pasaría de largo, pero continuó poco a poco en dirección a la cala. Padre y yo nos miramos sin decir ni mu. Desde la orilla, madre nos gritó algo que no entendimos. El yate se iba acercando y pensé que pronto nos reconocerían, me pareció incluso que oía la voz de los gemelos, que siempre la armaban. Una gaviota pasó a ras de la cueva, chillando. Nos miramos de nuevo, padre y yo. El pulpo aprovechó para volver al escondrijo y padre renegó, pero no sabría decir si era por culpa de aquella bestezuela. Madre estaba al borde del agua y nos hacía señales, como si quisiera que nos escondiésemos en la cueva. Ahora ya nos llegaban las pequeñas olas que levantaba el yate y parecía que la niebla nos estaba tocando la piel y que la cueva roncaba más que nunca. De repente, padre sacudió la cabeza y sonrió. Es demasiado grande para fondear aquí, dijo, como si hablara consigo mismo. Nos lanzamos al agua y nadamos juntos hasta la cala, sin prisa, zambulléndonos de vez en cuando y bromeando.

Madre ya nos esperaba con las dos toallas en la mano y nos envolvimos en ellas como si pudieran protegernos de todo, tan esponjosas y suaves y con aquel olor a lavanda. Ha huido, dijo padre, pero ni madre ni yo le preguntamos si se refería al pulpo o al yate de los señores. Yo cerré los ojos y vi aquella franja de luz tan viva, ahora roja, luego naranja, y después grana y noté el viento en la cara y la piel fresca y la fragancia del mar, y me cruzaron por la cabeza Pitu y Torrent y también Llamp, casi los tres al mismo tiempo. Madre removió la cazuela y me dio un beso mientras yo aún tenía los ojos cerrados. Y padre me puso la mano en el hombro y me dijo, ¿sabes que ya hemos fichado a Maradona?

Cuando abrí los ojos, el yate ya no se veía, parecía que se lo hubiera tragado la niebla. Entonces oí la voz de madre que decía, el arroz ya está listo, y comí con más hambre que nunca.

Agradecimientos:

A Mila, por hacerse suya la novela.

A Olga, por la complicidad infinita.

A Marta Rubirola y Aniol Rafel, por apostar por este libro.

A Bernat Fiol, por darle alas.

A Susana Ruiz, por sus fotos.

Al equipo de Berenice, por su profesionalidad
y confianza.

A Maribel Martín Manzano, por sus aportaciones lingüísticas.

A Toni Sala, por mandarme la traducción del poema de Carner.

Y a Bugui y Flaix, por los paseos inspiradores.

CONCLUYÓ LA EDICIÓN DE ESTE LIBRO A CARGO DE BERENICE EL 4 DE DICIEMBRE DE 2023. TAL DÍA DE 1967 NACE GUILLERMO AMOR MARTÍNEZ, FUTBOLISTA Y ENTRENADOR QUE DESARROLLÓ LA MAYOR PARTE DE SU CARRERA EN EL FÚTBOL CLUB BARCELONA, Y QUE SUSTITUYÓ A DIEGO ARMANDO MARADONA EN LA INAUGURACIÓN DEL MINIESTADI EL 23 DE SEPTIEMBRE DE 1982.